Sonya
ソーニャ文庫

# 成り上がり陛下に閨の手ほどき

秋野真珠



イースト・プレス

contents

# 序章

王国歴四九六年。二年続いた内乱がようやく終結し、下剋上《げこくじょう》を成し遂げた庶子の王が誕生した。

前王シュドルフ・ファルコーネの時代、一部の貴族と王族のためだけの圧政が続き、それが虐政《ぎゃくせい》となるのも早かった。その苦境から民を、国を守るために立ち上がったのは、辺境に追いやられていた王の血を引く庶子レオン・ファルコーネだ。

二十九年前、北部の国境に位置するクリスト辺境伯の妹が王宮に出仕した。その娘に戯《たわむ》れに手をつけたシュドルフは、娘が身ごもるとすぐに辺境へと送り返した。すでにシュドルフには正妃との間に嫡男がおり、正妃とのいさかいを避けるためとも言われたが、実際のところ腹の大きくなった女に用はないということだった。

辺境に戻された娘は兄のクリスト辺境伯に助けられそのまま子供を産んだ。男子であったため、辺境伯は彼に王子としての教育を施して育てたが、王とその周辺の貴族たちからはそれほど脅威にはならないだろうと放置されていた。

そして二十四歳になったとき、レオンは父親である国王と異母兄や他の王族、王都に巣くう腐敗した貴族たちから国を救うために立ち上がることを決意し、他の辺境の貴族たちと力を合わせ、シュドルフの王位を簒奪《さんだつ》した。

レオン・ファルコーネは、二十六歳という若さで王座に就《つ》いてから、疲弊した国と民を救うべく休む間もなく働き、あっという間に二年が過ぎた。

まだ国内のすべての者が豊かになったとは言えないが、貧困に苦しむ民は減ったし、争いで破壊された田畑は蘇《よみがえ》ってきたし、何より、虐政がなくなり平和になったことで、人々の心に安らぎが生まれた。

前王に与《くみ》した貴族たちのほとんどは刑に処されたために、前王に疎《うと》まれ冷遇されていた他の貴族たちも社交界に戻って来た。

誰もがようやく平穏になったと思い始めてきた頃、新たな問題が浮上した。

「――結婚?」

「――結婚です」

若き王レオン・ファルコーネは現在二十八歳になっていた。

しかし後宮にはひとりも妃がおらず、この歳にしては珍しい独身の王である。

王となったからには政《まつりごと》をしているだけでは許されない。英雄王と民に称《たた》えられるレオンは、後継者を望まれるようになった。

レオンは、側近であり護衛でもあるニコラス・クリストの言葉を繰り返したが、間違いではないと頷かれ、顔を顰《しか》めた。

「レオン様、今の平和を維持するために、後継者をもうけることは必須です。これまで国を正すほうが先、と逃げておられましたが、もう待てません」

兄弟のように育ったニコラスは、レオンが王座に就いてから、砕《くだ》けた口調を改めるようになった。幼馴染と距離ができたようで寂《さび》しく思っていたのだが、遠慮がなくなったわけではない。

「この国の民が、城下の者から辺境の幼子まで、貴方の後継者――世継ぎを望んでいるのです！」

「よ、世継ぎって……」

「国に平和を取り戻した賢王《けんおう》の子供が必要なんです――民を安心させるためにも！」

レオンの粛清によって王族はもうほとんど残っておらず、今後の無用な混乱を防ぐためにも跡継ぎはレオンが作るしかない。それはレオンも重々承知している。

しかしレオンは狼狽《うろた》えた。

「こ、子供……って、しかし、だが、子供をつくるには――」

「ええ！　女性と閨《ねや》に入っていただきます！」

「ね――」

「だ……っ」

「女を抱いていただきます！」

「何がなんでもヤッていただきます！」

「う……っ無理だ!!」

レオンはニコラスの明け透けな言葉に、徐々に顔を青くした。じわりと冷や汗まで浮いてくるのを感じ、それまでなんとか保っていた威厳ある王としての仮面を、もう限界だと剝《は》ぎ捨てた。

「無理無理無理！　絶対無理だ！」

「レオン様！　英雄として民から慕《した》われ、貴族たちには虐殺王とまで恐れられる貴方が何をそんな弱気な！」

「だってお前知ってるだろ！」

「知ってますがどうしても！」

「無理だって、俺——俺が女を知らないの知ってるだろ！」

国のために下剋上を成し遂げ、民を傷つけてきた王族や貴族たちを身分を問わず処断し、その容赦のなさから一部の貴族たちから虐殺王と畏怖されているレオン・ファルコーネの唯一の欠点——それは女性に奥手過ぎることだった。

そもそも辺境にいた頃、周囲にいたのは同性ばかりだった。帝王学を学びながら辺境騎士団で身体を鍛《きた》えていたのだ。おまけに王の庶子という立場から敬遠されて、娼館に誘われることもなかった。

レオンもその頃は騎士として身体を動かすほうが楽しくて、女性を知る必要性を感じていなかった。成人してからは、腐敗した王族たちと比較するかたちで周囲から憧れの対象として見られるようになり、イメージを崩したくないがために女性に気安く声をかけることができず、内乱を起こしてからは、どこに密偵や暗殺者が潜んでいるかわからないため、無防備になる時間をつくるなどもってのほかだった。

生まれてからずっと辺境で暮らし、王都に呼ばれることもなかったため、社交界というものにも疎く、積極的に参加しようという気もなかった。戴冠してしばらくは、夜会に出席せざるを得なかったが、若い独身の王ということで、貴族たちから娘の売り込みがひどく、欲望を隠しもしない様《さま》に嫌気が差し、今ではほとんど社交界との関わりがない。王都に良い思い出のない母から、貴族の女たちがどれほど陰湿で表裏が激しいかも聞いていたからなおさらだった。

ただ社交界は、貴族にとって大事な戦場。どうでもいい話から重要な決め事までされる場所だ。建前ばかりを話すのはもちろん、作り笑いも自然にできて当たり前、という世界で、レオンの最も嫌悪するものだが、貴族制度がなくなれば国が成り立たないのも事実。社交界を潰すわけにもいかない。

押しの強い貴婦人たちへの対応が面倒だという理由をつけて社交界を避け、国を立て直すほうが先だという大義名分のもと、政だけに没頭していた。

お陰で、誰よりも立派で完璧な王と称えられるようになったが、一方で、据《す》え膳《ぜん》状態でも手を出す度胸のない男になってしまっていたのだ。

レオンの叫びに額を押さえたニコラスは、「わかっているがそんなに堂々と言われることでもない」と小さく呆れてから従兄でもある王をじろりと強く睨《にら》んだ。

「――わかっております」

「は？」

「レオン様が女性に慣れていらっしゃらないのがそもそもの原因。ですので女性に慣れてもらうのが先だと、皆の意見も一致いたしました」

「は？　皆って誰だ？」

「皆は皆です。私の父も大臣たちも宰相も、いきなり正妃をお迎えくださいなどと無体なことはもう言いません。まずは！　女性に！　慣れて！　いただきます！」

「――なんだと？」

「さぁ！　あちらのお部屋へ！　ご用意しておりますから！」

「……あ？」

勢いのある言葉とともに、隣の部屋のほうへぐいぐいと身体を押されて、レオンは一瞬呆《ほう》けたものの、どうしてかその部屋への扉が恐ろしいものにしか思えず、慌てて抗った。

「ま！　待て待て待てっ、いったい向こうに何が――」

「大丈夫です！　彼女にはよぅく言ってありますので！　すべて、身を任せればよいのです！」

「待て！　全然大丈夫じゃないぞ!?　安心できるところがないぞ!?　ちょ、ま、待て扉を開けるな！　押し込むな！　俺を――」

「頑張ってください、レオン様！」

ニコラスは、戸惑《とまど》うレオンを無情にも隣室へ押しやると、そのままばたんと扉を閉めた。

もう遅い時間のため、その部屋の窓はカーテンが閉められていて薄暗い。隅にある燭台《しょくだい》のいくつかに火が灯っているだけだった。それでも家具は見えるし、部屋の中に誰かがいるのもわかる。

状況を確かめるために部屋を見渡したレオンの目にまず飛び込んで来たのは、天蓋《てんがい》付きの大きな寝台だ。そこで何をするのかを考えて青ざめたレオンは、すぐに回れ右をして力いっぱい扉を叩いた。

「おい！　ニコラス！　何考えてるんだお前！　いやお前ら！　許さんぞこんな――こら、押さえつけるな！　開けろ！」

反対側から全力で押さえられているのか扉はびくともしなかった。騎士と一緒に鍛えてきたレオンの力でめいっぱい叩いても壊れず、頑丈《がんじょう》だった。

そもそも「内密な話があります」とニコラスから後宮の一室に呼び出された時点で疑うべきだったのだ。だったのだろうが、まさか実の弟のように思っている従弟にこんな強硬な手段を使われるとは想像もしていなかった。

そう、ここは後宮だった。

今は空っぽではあるが、王の妻となる妃が暮らすための部屋がいくつも用意されている王の私的な建物だ。

それこそ前王の時代には、この場所には溢《あふ》れんばかりの数の女性たちが暮らしていたが、レオンが王になると同時に後宮は解体された。建物自体も解体しておくべきだった、と今更悔《く》やんでももう遅い。

「ニコラス――」

「――まぁ、子供みたいに泣き叫ぶなんて、女々《めめ》しいこと」

「……っ！」

怒鳴っても無理ならば、もはや体裁など構わず泣き落としで、とまで考えたとき、甘さを含んだ声が耳に届いた。

息を呑《の》んで身構えたのは、誰だと狼狽えたせいでもあるし、することをしろと言って放り込まれたのだから、ここにいるのは自分ひとりではないと思い出したせいでもある。子供をつくるとなるとレオンだけでは無理で、他に何が必要なのか、何をする必要があるのか。わかっていても思考が真っ白になった。王になると決めてから、こんなことは初めてだった。

ぎ、ぎ、ぎ、と油を差し忘れた機械のようにぎこちなく首を回し、レオンは声がしたほうを振り向いた。

部屋には寝台だけではなく、大きなソファもあった。側のテーブルに燭台があるのにどうして今まで気にならなかったのかと驚くほど圧倒的な存在感を持った女性がそこにいた。

彼女は黒いドレスを着ていた。

鎖骨は見えるものの襟《えり》ぐりは比較的浅く、落ち着いた衣装で特別派手というわけでもない。優雅に腰を下ろした様子は完璧な淑女《しゅくじょ》だ。なのに、レオンが息を呑むほどの色香を感じたのはその容姿のせいだ。

肌は白く、少し垂《た》れ気味な目は細められ、下唇はぽてりとしていて赤く、その口端は緩《ゆる》んでいる。燭台の光だけではっきりとはわからないが、髪は黒い巻き毛で緩くまとめられ右肩に流されていた。

ソファにただ座っているだけ――それだけなのに、彼女からは妖艶《ようえん》さが溢れ出している。男は、こういう女と関わったときに身を滅ぼすのだ、とレオンは震えた。

彼女は赤い唇をゆっくりと開いた。

「おかしいわね？　確か陛下がお越しになると伺っていたのだけど……ここにいらっしゃるのは本当に、愚王《ぐおう》を退《しりぞ》けた賢王なのかしら？」

少し低い声だが、レオンにはやはり甘く聞こえた。

彼女は手にしていたグラスを揺らし、まだ少し残っていたワインと思《おぼ》しき飲み物を一息に飲み干した。そして空になったそれをさらに揺らしながら、レオンを見上げる。

「ねぇ……こちらにいらして？　貴方が本物の陛下かどうか……確かめなくては」

「…………っ」

王に対する口調ではない。

侮られないように、無礼を怒るか、威厳を見せつけねばならないはずなのに、何故かレオンの身体はその言葉に素直に従い、ふらふらとソファに近づいていった。

「立ったままではお顔がよく見えません……どうぞお座りになって」

促《うなが》されるまま、彼女の隣に座ろうとして、しかしその手に止められた。

空のワイングラスを前に傾けるようにして、位置を示す。

「隣ではなくて……ここ。ここに座ってくださる？」

ここ、と示された場所にレオンは狼狽えた。

そこは床だったからだ。しっかりと毛足の長い絨毯《じゅうたん》が敷かれてはいるが、床であることには違いない。

王を床に座らせるだと……？　と動揺したのに、身体はやはりどうしてか彼女に従って床に膝をついてしまった。そこから彼女を見上げる。

彼女は、さらに目を細めてレオンの全身を上から下までじっくりと見ていた。

「……おかしいわ。陛下に見えるのに……でも、貴方の側近は言ったのよ。貴方に手ほどきをしてほしいと——立派な王である、貴方に、閨の手ほどきを……ねぇ？」

こてん、と首を傾げる様子は幼く見えるが、それ以外の動きにレオンは身を強張《こわば》らせた。

少し捲《まく》れたドレスの裾からすらりと伸びた彼女の足が、レオンの脚の付け根、その中心へ向かっていたのだ。

「う……っ」

つま先が少し触れただけなのに、レオンはそこに痛みを感じた。

どうして痛いのかなど考えたくもなかった。もはや正常な頭でなくなっていたレオンは、彼女の唇が開くのを待ちわびるようにただぼうっと見ていた。

「あら、ごめんなさい、靴《くつ》のままでは失礼だったわ……でも確かめさせてくださる？」

「……な、何を」

無邪気に問われ、レオンは反射的に反応した。

彼女は上気した顔でにこりと笑う。

「男として、使えるかどうか確かめてほしい――そう言われたんですもの」

「――っ！」

高いヒールの靴を脱いで放り投げた彼女は、薄い絹の靴下を纏った足で同じ場所を踏み付けた。そして、声にならない悲鳴を上げたレオンを見て、時間を計るように空のワイングラスを左右に揺らす。

「どうかしら？」

「……っう、ぁ……っ」

「ここ、大きくなってるのかしら……？」

「や、やめ……っ」

すらりとした足が、トラウザーズの上からレオンの股間《こかん》を撫《な》でつける。レオンが彼女より弱いはずがない。ワイングラスを持つ彼女の手は細く、レオンが握って少し力を入れるだけでも折れそうなほどなのに、レオンは彼女の足を退けることができずにいた。

生まれて初めて、その場所に、他人から刺激を受けたために動揺してしまったのだ。

「よくわからないわ。もっと強いほうがいいのかしら？」

「あ、やめ……っ！」

レオンの硬くなってしまったものを、悪戯《いたずら》なつま先がぐりぐりと刺激する。

これは——辱めだ。

そう思ったものの、レオンはやはり彼女の足を撥《は》ね付けることができず、次第に強くなる刺激に慄《おのの》きながらも受け入れ、そして——果てた。

果ててしまった。

「……っく！」

顔を顰め、全身を震わせながら肩で息をするレオンの様子をじっと見ていた彼女は、目を瞬かせて足を止めた。

「……あら？」

「く……うっ、こ、こんな……っ」

「もう、終わってしまわれたの……？」

ふふ、と笑う彼女の言葉に、屈辱以外の何物でもないものを感じ、レオンがムッと拳《こぶし》を握りしめたところで、彼女はソファから立ち上がった。

「どこへ——」

「寝台よ。ソファで続きは無理でしょう？」

そう言いながら、彼女はふらふらと、どこか不安定な足取りで背後の寝台へ向かう。

「な……っ」

そこで何をするのか、続きとはどういうことなのか、レオンがまた戸惑い焦《あせ》ったところで、彼女はドレスのまま寝台にどさりと転がった。

それはまるで倒れるような勢いで、そんなふうにしては危ないだろう、とレオンは慌てて彼女を追い、目を丸くした。

「……………」

倒れた彼女はそのまま動かなかった。

女性が寝台に寝転がっている状態というのは、レオンにとって見慣れた光景ではない。実のところこの部屋に入ったときから心臓が煩《うるさ》くてどうしようもなかったのだが、今の彼女の姿を見下ろして、すっとそれが治まった。

沈黙したレオンの耳に聞こえてきたのは、すぅすぅというどこか可愛らしい寝息だった。

ね、寝ている……!?

レオンは、性急に興奮させられ狼狽えさせられたものの、どこかで期待もしていた自分に呆れ、緊張の糸が切れたように寝台の前にがくりと膝をついた。

「な、なんなんだ……!?　こいつはいったい！」

先ほどの妖艶さとは打って変わったあどけない彼女の寝顔に、顔が赤くなった自覚もないまま、レオンの混乱は収まらなかった。

# 1章

これは夢なんだわ。

エゼル・ロバルティはふとそう気づいた。

なぜならクインが——亡き夫であるクイン・ロバルティ伯爵が笑っているのだ。

エゼルを見下ろし、楽しそうに面白そうに、けれど温もりを感じる笑みをエゼルに向けている。口を動かして何かを言っていたけれど、よくわからなかった。

しかしエゼルはそれが過去のことだと気づいた。

エゼルがまだ十四歳になったばかりで、実家のアダムズ子爵家から連れ出されたときのことだった。

初対面のときから、クインはエゼルに対してこの笑みを絶やさなかった。結婚して十年以上一緒に暮らしたが、彼はいつまでも若々しかった。けれどこの頃と比べると、クインも歳を取っていたのだとわかる。いつまでも変わらないと思っていたけれど、彼も歳を重ねていたのだ。

クインに初めて出会ったその日、エゼルはそのまま結婚するために実家から連れ出された。この国では女性の成人は十六歳とされている。したがってその年齢に達しなければ結婚は許されない。しかしエゼルは――自分でもよく覚えていないが、このときまだ十四歳だったはずだ。

それがどうしてクインと結婚できたのかはいまだにわからない。婚姻証明書には十六歳で結婚したと明記されてあり、正直なところ詳しく確かめたいと思ったこともない。

何しろ、アダムズ子爵家において、エゼルは最低な生活をしていたからだ。

エゼルは、子爵が戯れに手をつけた使用人の娘であり、当然のことながら正妻からは疎まれていた。子爵からも可愛がられた記憶はない。けれど何かに使えると思ったのか、正式にアダムズ子爵家の令嬢として貴族名鑑に名前を刻まれていた。

そのエゼルを、クインは多額のお金を払って買い取ったらしい。当時はわからなかったけれど、状況だけを見れば人買い同然の行いで、普通の結婚とは違った。

使用人から妾《めかり》になった母が生きていた頃は、まともに育てられていたのだと思う。けれど物心つく前に母が亡くなってからは、使用人よりも厳しい生活を強いられていた。

屋敷の隅っこにある、小さな窓しかない物置同然の部屋に押し込まれて、擦り切れた服を与えられてただ生かされていた状態だったエゼルは、貴族の令嬢としてはもちろん、人としての生活もまともに送れていなかったように思う。

思う、と曖昧なのはエゼル自身がクインに連れ出される前のことをあまり覚えていないからだ。

それは、エゼルが自衛のために無意識に記憶を消したのかもしれないが、クインと出会ってからの生活があまりに強烈で楽しくて、刺激的だったせいかもしれない。

エゼルをロバルティ伯爵家に連れてきたクインは、屋敷の使用人たちに「この子を妻とする」と紹介し、それまでろくに教育も施されてこなかったエゼルのために貴族として必要なすべてのことを教えてくれた。

「妻」の意味すらよく知らなかったエゼルは、クインがお飾りの妻を必要としていて、相手は貴族令嬢らしからぬ者にしたかったなどと説明されて、ロバルティ伯爵家での生活が始まった。

ほとんど何も知らなかったことが功《こう》を奏《そう》し、いろんな知識をみるみるうちに吸収していったエゼルは、二年ほどで人前に出られるようになり、正式にクインの妻、ロバルティ伯爵夫人として社交界に踏み込んだ。

エゼルは、クインの望んだとおりにお飾りの妻となり、与えられた役目を完璧にこなすことに努めた。

事情を知らない外部の者たちからは、金で買われた装飾品のような妻、見せかけの夫婦、などと言われていた。エゼルが社交界に出てすぐに、クインが遠縁の子を養子にしたせいもあるだろう。クインにとって都合の良い人間として扱われているように見えていたのだろうが、エゼルは不自由を強いられていると思ったことはなかった。

クインがエゼルに与えてくれたのは、自由なのだ。

この先エゼルが生きたいように生きられる力を、彼は名ばかりの夫として与えてくれた。十五歳も離れていたのだ。クインからすれば、エゼルは妹か娘のようにしか見えなかっただろう。実際、そのように扱われていた。けれどエゼルはそれがとても心地良かった。

だから自分はずっと、クインに感謝して、クインのために生きるのだと思っていた——クインが戦争に行き、帰らぬ人となるまでは。

エゼルは貴族として確固たる地位を築いているロバルティ伯爵家で何不自由なく暮らしていたが、一歩屋敷を出れば、その様相はまったく違っていた。

前王——虐政をしいた王のせいで、国はみるみるうちに疲弊し、傾いていたのだ。

国を動かす中枢の貴族のほとんどが、享楽に耽《ふけ》る王におもねるばかりで、幼いエゼルから見ても国の腐敗と凋落《ちょうらく》はひどかった。堅実な経営をしていたロバルティ伯爵家の領地でさえ、貧しさに喘《あえ》ぐ者も出てきていて、妻や子を売るか幼子を間引くかしかないかと民たちが考えるのも時間の問題だった。

クインから領地経営について教えられていたエゼルも、どうにかしてそれを阻止できないかと悩み苦しんでいたが、そのとき、国に一筋の光が差した。

辺境の地で、レオン・ファルコーネが、父親であるシュドルフ王に反旗を翻《ひるがえ》したのだ。

まともな貴族たちや辺境の民たちがそれに賛同し、反乱軍として国王軍とぶつかったとき、エゼルはもちろん反乱軍を応援した。そして夫のクインも、領兵を率いて反乱軍に参加した。

そのときの複雑な気持ちを、エゼルはよく覚えている。

クインが頼もしい人であるのはよく知っているが、彼自身が争いに身を投じるのを諸手《もろて》をあげて喜べるほど世情を理解できていない子供でもなかったし、お気楽な性格でもなかった。

内乱のさなか、クインが一度レオンを領地に連れてきたことがある。

少し立ち寄っただけだったようで、エゼルが紹介される暇《ひま》もなかったけれど、クインの無事を確かめようとこっそり近づいたときに初めて、エゼルはレオンを見た。

まだ若く、凛々《りり》しい青年のレオンは、笑みを浮かべてクインと話していた。その姿だけで、エゼルはクインが反乱軍に参加した理由を理解した。

彼に——レオンに従えば、この国はまた豊かになる、領地も民も幸せになれるだろう、そう思える頼もしさがあった。未来への期待を抱かせるのに充分な威厳と圧倒的な存在感を醸し出していたのだ。

だから、クインがその争いの中で命を落としても、レオンのせいだとは思わなかった。

二年という短期間で下剋上を成し遂げたレオンは、新しい国王となるとすぐに、自分に味方してくれた者たちを好待遇で召し上げた。命を落とした者の家族たちへの補償も手厚かった。

クインの亡骸《なきがら》はちゃんと領地に帰って来たし、一族や使用人の皆で葬儀が執り行われた。

悲しかったし悔しかったけれど、たった十年だけ名ばかりの妻だったエゼルよりも悲しい思いをしている人がいたし、クインは自分がいなくなったときのことも見越して諸々の段取りをつけてくれていた。つまり、クインの養子であるイアンが成人するまで、エゼルは伯爵夫人として領地経営をする、という役目を与えられていたのだ。自分の思うまま、やりたいことをやり通すクインらしい最期だと、誰もが笑って見送れたこともあって、エゼルは反乱を起こしたレオンを恨むこともなかった。

むしろクインが大切に思っていた領地や国を救ってくれて、感謝し、尊敬もしていた。

レオンが正式に即位したときは王都で凱旋《がいせん》パレードが行われ、エゼルは民に紛れてそれを見に行った。

華やかな馬車に乗り豪奢《ごうしゃ》な衣装に身を包んだレオンは、誰が見てもこの国の王だった。その姿を見て、辺境で育った田舎者と蔑む者はいないだろう。

堂々とした態度には威厳があり、国民から英雄と称えられるだけの頼もしさが確かにあった。街道を満たす大きな歓声を聞けば、レオンが勝利して良かったと誰もが思っているのがわかった。

改めて王宮に貴族一同を集めた際の、国王就任の挨拶《あいさつ》の場では厳めしい顔をしていたけれど、誰に媚《こ》びることもなく誰を嘲《あざけ》ることもない姿は、新しい王が立ったのだと実感させてくれて、エゼルも心から安堵した。

一部の貴族からは、愛想がない、貴族制度の大切さを理解しない愚王、と非難されていたが、それは慣習やしがらみにとらわれず事を成し遂げたレオンへの負け惜しみでしかなかった。

恐れもあったのだろう。レオンはその手で、自身と血の繋がりのある王族も、彼らにおもねる貴族たちもあっさり手にかけてきたのだから。ただその苛烈さに畏怖し、彼に直接物申すような者はいなかった。

しかし前王とは違い、真摯に政に向き合い、国を立て直す姿は誰もが尊敬の眼差しを向けるものだったし、エゼルも憧れていた。

その方に対し――私はいったい、何をしたの？

エゼル・ロバルティは寝台に突っ伏した。

恐ろしく真面目な顔で敷布を睨み、怒りとも羞恥とも言えない感情が渦巻いて震える身体を押さえるように手を握りしめる。

そうしたところで、自分のしたことがなかったことになるわけではない。記憶がなくなっていないことが恨めしい。

たかがワインの四、五杯で酔っ払うだなんて――クインに知られたら笑われるでしょうね！

けれど酔っ払いでもしない限り、するはずのない行動だった。

まさか、私が――陛下にあんなことをしてしまうなんて！

いっそのことこのままどこかに埋まってしまいたい、とエゼルはひとり悶《もだ》えた。

誰もいないこの部屋で人知れず死んでしまいたいと愚かなことまで考える。

もちろんここは自分の部屋ではない。

警戒心もなく熟睡してしまっていたが、そんな余裕を持っていい場所ではないはずだ。

何しろここは後宮――ファルコーネ王国の王である、レオンの私室なのだから。

何故エゼルがここにいるのか。後悔しか残らないあんなことをしでかしてしまったのか。

原因もしっかりと覚えていた。

ロバルティ伯爵家に王宮からの使いが来たのは昨日の午後のことだった。

いったい何事か、と驚いたものの拒否することはできない。エゼルは急いで身支度をして使いの馬車に乗り、王宮へ向かった。

王宮の奥で待っていたのは、王の側近であるニコラス・クリストという男だった。クリスト辺境伯の次男である彼は、王の側近かつ護衛だったはずだ。

レオンが母親の実家であるクリスト辺境伯の領地で育ったことは誰もが知っていることだし、近衛騎士の隊服を纏っているのだから見間違えようはない。

しかし彼が王の側近なら、エゼルはますます困惑するしかなかった。

本当に、ただの伯爵夫人でしかないエゼルを、まるで人目を避けるようにして急いで呼び出し、王宮の奥へ連れてきた理由がわからなかったからだ。

ニコラスは礼儀正しくエゼルを迎えながらも、堂々とした態度でエゼルに説明をした。それがエゼルには理解ができないものだったとしても、正直に話したのだ。

「貴方に、陛下のお相手を頼みたい」

「――――えっ」

「陛下――レオン様が即位されて二年、国内もようやく落ち着きを取り戻してきた」

その言葉に、エゼルは深く頷いた。

前王におもねって国を腐敗させていた貴族たちはことごとく投獄され、それぞれの罪を裁かれた。

次は我が身かと怯える貴族も少なくなかったが、レオンは理由のない粛清はしなかったし、ロバルディ伯爵家は彼に味方して戦った功績から、逆に厚遇された。

エゼルはクインが示した指針のとおり、新しい王への支持を変えるつもりはない。

だが、突然呼び出して言い放ったニコラスの言葉はいったいどういう意味なのか。貴婦人らしい余裕と冷静さを身に着けたエゼルでも、困惑の表情を隠しきれなかった。

「レオン様には、ご結婚してもらわねばならない。跡継ぎが必要だからだ！」

それにも頷くと、彼の熱弁は勢いを増した。

「しかし相応しい令嬢たちを前にしても、レオン様は一切興味を示されない！」

「そ、それはまさか――」

「レオン様は異性愛者だぞ！」

一瞬心配したが、全力で否定されてエゼルも安心した。

もちろん、個人の性的指向に文句はない。誰が誰を好きになろうが、他人に迷惑をかけなければなんの問題もないし、自由だと思っている。

だがレオンは別だ。

レオンの統治下で動き出したばかりのこの国はまだ不安定で、だからこそ、彼の後継者が必要だと貴族なら誰もが理解していた。

「レオン様は――レオン様は素晴らしいお方だ。あの方に惚《ほ》れない女はいないだろう。どんな女だってレオン様を前にすればすぐさま身を投げ出す！」

あ、断言したわ、とエゼルは熱くなるニコラスの言葉を聞きながら、どこか冷静になってきていた。

彼はレオンをとても尊敬しているようで、いかに王に相応しいか、延々と講釈《こうしゃく》を垂《た》れる。

そろそろ聞き飽きてきたなぁ、と思っていた頃、ニコラスの鋭い視線がエゼルを貫いた。

「――だが！　レオン様にはたったひとつ問題があるのだ……」

「も、問題？」

すごく重要なことのような気がする。それを自分が知ってもいいのだろうか、とエゼルの頭を一抹《いちまつ》の不安が過《よぎ》る。

ニコラスは苦渋に満ちた表情で歯を食いしばり、エゼルを睨むようにして言った。

「レオン様は……、レオン様は、知らない、のだっ」

「……はぁ」

何をだろう、とエゼルが首を傾げると、理解を得られなかったことに苛立ったのか、ニコラスはさらに声を荒《あら》らげた。

「だからっ、レオン様は……っご存知ないから、女に手をつけられない、のだ！」

「は……あ？　――あ!?」

突然の歯切れの悪さにどうしたのだと眉根を寄せたところで、エゼルは察した。察してしまった。

「え……っええええっ!?」

「だ、黙れ！　大声を出すな！」

「――――！」

エゼルは自分の口を手で覆い、貴方のほうがさっきまで大声で話してましたけど、とは突っ込まなかった。淑女なので。

「誰よりも清廉なレオン様には……っ、戯れに女を弄《もてあそ》ぶご趣味はないのだ！」

「………………」

え、あの陛下が？　あまりの美丈夫ぶりに社交界どころか国中の女から秋波《しゅうは》を送られていてもおかしくないレオン様が？　内乱での勇猛な闘いぶりや、前王たちへの容赦ない断罪で恐れられる人が？　王となって国のために次々と新しい政策を推し進めて国を豊かにした賢人と称される方が？　よりどりみどり過ぎて興味がなくなってしまったのではと社交界で噂されるようになった方が？

まさかどうて——いやいや、女性を知らないなんて、誰が想像するだろうか。

悔しそうに呻《うめ》くニコラスを見ながら、エゼルは混乱していた。

ファルコーネ王国の王族は、代々体格に恵まれた男性が多かった。見栄《みば》えが良いことは、国にとって悪いことではない。レオンも庶子であるもののそれに漏れず、筋骨隆々《きんこつりゅうりゅう》というわけではないが、たくましい身体つきをしており、内乱では自ら先陣を切り、その強さは充分証明されていた。

濃いブラウンの髪は毛先だけ赤金色で、美姫と評判だった母親に似たのか、顔の造形が整っている上に意志の強さを見せる深い青の瞳が印象的で、その容姿だけでも女性たちの視線を釘付けにしている。社交界に興味がなさそうなのはすでに周知のことだが、国の政を優先しているためだと理解を示す貴族は少なくない。反対に、社交にこそ注力してきた貴族たちからは陰口を言われることがあるのも知っている。辺境から突然出てきて、前王の位を奪ったものだから、都を知らない成り上がり陛下と揶揄《やゆ》されているのだ。それでも、今この国の王としてレオンほど安心できる人は他にいないだろう。

そしてレオンはすでに二十八歳である。内乱後は、国を立て直すことを優先せねばならなかったから、自身の結婚もまとまりにくいのだろう、と思っていたが、いずれ相応しい女性を娶《めと》り王国のための後継者をつくってくれるものとエゼルも思っていた。

だが、そのレオンが女性を知らない。

すでに後宮を女性でいっぱいにしていてもおかしくない立場なのに、浮いた話がまったくないのは、よほど真面目で硬派な方なのだろうとも思っていたが、まさか経験がなかっただけとは。

驚きを通り越して呆れてもいたエゼルは、淑女として余裕のある微笑みをつくることも忘れ、苦悩するニコラスを見た。

「そんな……ならばそれなりの方を用意して手ほどきな、ど、を――……」

言葉を選ばずに言えば、高級娼婦を呼んで経験を積ませるべきでは、と思ったが、ふと今の自分の状況に気づき、口を噤《つぐ》んだ。

エゼルが、ここに呼び出された意味を、考えた。

そして背筋がぞっとするような考えに思い至ってしまった。

気づかないままでいたかったが、クインたちから様々な知識を詰め込まれてきたエゼルが気づかないでいられるはずがなかった。

先触れもなく急に呼び出されたこと。使いは王宮の者だったが、馬車は王家の紋章など何もついていない普通のもので、そのまま誰に止められることもなく王宮の奥へ運ばれ、この部屋に着くまで王宮の使用人にすらほとんど会うことがなかった意味。

レオン・ファルコーネ王が、女性を知らないという事実。

「その手ほどき、を、貴方に頼みた」

「無理です」

「なっ!?」

ニコラスの言葉を最後まで聞くことなどできなかった。

無礼だと思われても、エゼルは咄嗟《とっさ》に彼の言葉を遮っていた。

「無理です私にはそんな――夫、が」

「お前は未亡人だろう」

エゼルを選んだのだ。だから当然、エゼルのことは調べてあるに違いない。

エゼルは痛みを堪えるように顔を顰めた。

確かに、エゼルは夫を亡くし、未亡人となった。クインが養子に迎えたイアンが十六歳になるまで領主代理としてロバルティ伯爵夫人で通っている。

クインに様々なことを教えられていたお陰で、これまで難なく領地の仕事をこなせてきたし、社交界でも過ごしてきたが、自分を護ってくれていた人がいない不安を思い出し、エゼルは青ざめた。けれどそのクインがつくり上げてくれた自分の確固たる立場を思い出し、ニコラスを強い視線で見返した。

「――未亡人であるから、娼婦の真似事《まねごと》をせよ、と? それは陛下のご命令ですか?」

「それは――」

「私が未亡人になったのは、先の内乱で伯爵家を護るため、夫が陛下のお味方となり、共に戦ったからです。陛下はご自身のために働いた臣下の寡婦《かふ》を娼婦として呼びつけたのですか?」

エゼルは声を上げながら頭の芯が冷えたようになり、言葉をぶつけた。

無礼だと言われても、必要なことだった。自分を護るためでもあったが、何より、クインが信じて従ったレオンがそんな人だったなんて、と思うと怒りさえ覚える。

歳の離れた夫だったけれど、彼が初めてエゼルを大事にしてくれた。その彼の信頼を裏切るような人だったのかと、失望させないでほしかった。

エゼルの冷ややかな反論に、ニコラスも考えるところがあったのだろう。狼狽えたように声を上げた。

「ち、違う！　レオン様はご存じではない！　これは我々が勝手に——」

「我々？」

「……宰相や、レオン様の親代わりである我が父クリスト辺境伯、それに大臣たちが」

「——」

つまり、この国の中枢にいる者たちは、レオンがそんな状態であることを知っているようだ。

そして彼らは、王のため、この国のためにと団結し、レオンに宛《あて》がう女を探し、エゼルを見つけた——というよりエゼルに決めたのだろう。

「お前の評判は知っている。社交界に出ていれば誰もが知っていることだとも思うが」

「——ふふ、」

エゼルは笑ってしまった。

ニコラスが動揺の表情を一変させ、穢《けが》れたものを見るような目つきでエゼルを見下ろしてきたからだ。

彼は、『社交界で評判の悪女』と呼ばれているエゼルなら、レオンの閨事の指導のために宛がっても構わないだろうと、女を知るには最適だろうと判断してここに連れてきたのだ。

エゼルの評判は、社交界では良くも悪くも広く知れ渡っていた。

十六歳という若さで十五歳年上のクイン・ロバルティに嫁ぎ、伯爵夫人となったエゼルは、年上の夫に早々に飽き、平民の画家を愛人として侍らせた。それは内乱で夫を亡くしてからも続いている、というような噂だ。

夫から多額の資産を受け継いだエゼルは、地味な外見をしているものの、伯爵夫人として堂々と振る舞い、未亡人という自由な立場で社交界を軽やかに渡り歩いている。

エゼルの名が知られているのはそれだけではない。

閨事の知識に関して、社交界で右に出る者はいない、とまで言われているのだ。そのため、結婚前の令嬢たちからの相談も多い。もちろんその評判を試そうとする男も数えきれないほどいて、エゼルがそれらを簡単にあしらっているものだから、男を惑わす毒婦、などと称されるようになった。

噂だけ聞くと、社交界では表立って歩けないほどの淫婦という印象だが、何故か一定の女性たちから絶大な支持を得ており、今も悠々《ゆうゆう》と社交パーティーなどに顔を出している。

「お前の不名誉な評判はともかく、ロバルティ伯爵夫人としての堂々とした振る舞いは誰もが認めるところだ。そこを買って、つまり、お前にレオン様に社交界での振る舞いの指導も……」

レオンは確かに良い王になるだろう。

下剋上を成し遂げてから二年経っても、いまだに国を救った英雄と呼ばれ、民から圧倒的な支持を受けている。

しかし貴族社会からはまだ微妙な反発があるのをエゼルも知っていた。

レオンが辺境で育った庶子であるからだ。

王としての堂々たる振る舞いに問題はないものの、社交界での評判はどうかというと、あまりそういった場に顔を出さないこともあり、評価されていない節がある。

政に精を出すのは問題ない。一度崩れかけた国を立て直さなければならないのだから、と思われている反面、王族であるのだから貴族との付き合いも必要だろうにと、古くから続く家の貴族たちからは、陰で「所詮は社交もできない田舎者」と見られているらしかった。

王である以上、社交界での付き合いも仕事のひとつだ。だから社交が苦手であるという評判を払拭《ふっしょく》する必要があるのだろう。

ニコラスたちはエゼルに依頼する上で、そういう表向きの理由まで用意していたようだ。

用意周到だこと。

エゼルは笑い飛ばしてしまいたかった。

彼らがどんな言い訳を用意しようとも、エゼルと若き王の組み合わせは、誰が見ても王が愛人を抱えたとしか見えないだろうから。

これまでまったく女っ気のなかったレオンの印象を変えるにはうってつけなのかもしれないが、エゼルにしてみればいい迷惑でしかない。

そんな事情を聞かされたところで、エゼルが納得できるはずがなかった。

「——ともかく、レオン様は今夜、こちらへお越しになる。しっかりと、お相手を務めるように」

ニコラスやレオンの側近たちにとっては、これはすでに決定事項なのだ。

たったひとり、王宮の奥へ閉じ込められてしまったエゼルが何かを言ったところで、もうどうにもならないのだろう。

「——陛下が私を気に入らない場合はどうするのです?」

エゼルは、やっかいごとを押し付けて逃げ去ろうとしているニコラスに一縷《いちる》の望みをかけて問いかけたが、返って来た答えは無常なものだった。

「そういう相手をその気にさせる手管も、お前は持ち合わせているのだろう? 噂は噂だと言う者もいるが、私が見る限りお前は噂通りのようだからな」

ひどい侮辱だった。

どうしてエゼルがそこまで言われなければならないのか。

あまりの怒りに身体が震え、部屋から出て行くニコラスを追いかけて文句を言うこともできなかったほどだ。

なので、部屋に用意されていたワインを開けて、憂さを晴らすようにグラスに注ぎ――この難局を酒の力で乗り切ろうと、杯を重ねたのだった。


結果、どうなったか。

それを今思い返し、エゼルは顔を覆い、ゴロゴロと寝台の上を転がった。

さすがは王宮の寝台だ。エゼルが二、三回回転してもまったく落ちる心配がない。

「――もう！　私は馬鹿なの!?」

自分を罵《ののし》ってみても、過去は取り消せない。

レオンに、王に対してあんなふうに振る舞ってしまうなんて。完全に酔っ払っていたのもあるし、そもそも変に偏った知識を持っていたのが原因だ。

「もう――もう！　クインとザックが私にあんなことを教えるからいけないのよ！」

今は亡き年上の夫の楽しそうな笑みを思い浮かべ、その隣でいつも面白そうに笑っていた画家のことを思い出し、子供のようにむう、と頬を膨《ふく》らませる。

それからごろりと仰向けになり、綺麗な天蓋を見上げたところで、ふとエゼルは冷静さを取り戻し、今の自分の姿に気づいた。

「……そういえば、私、いつドレスを脱いだのかしら？」

上体を起こしてじっくり確かめても、いつも外出用に着ている黒のドレスではなく、寝心地の良い夜着だ。

さらりとした上質な生地で、自分の夜着ではないとわかったが、いつ着替えたのか記憶がない。顔を顰めたまま、寝台脇のテーブルにあったベルに手を伸ばす。

リ、リン、と鳴らすとすぐに、続き部屋の扉がノックされて王宮のメイドが顔を覗かせた。

「おはようございます。お目覚めでしょうか。何か必要なものはございますか？」

必要なのはこの状況の説明だ、と思ったものの、このメイドに訊ねたところでわからないだろう、とエゼルは寝台から足を下ろした。

「ええ――お水をいただけるかしら」

「かしこまりました」

エゼルが何者であるのかメイドが知っているかどうかはわからないが、さすが王宮の使用人だ。初対面のエゼルに対しても動揺ひとつなく対応も早い。

水と一緒にガウンも用意されて、エゼルはありがたくそれを受け取り、自分で身に着けてソファに座った。心を落ち着けるために深呼吸をし、水を口に含む。

「伯爵夫人、お食事はいかがなさいますか？」

「――朝食があるの？」

「はい、こちらにご用意いたしますか？」

「ありがとう、お願いするわ。それから、着替えをしたいのだけど……」

「はい。いくつかお持ちいたします」

「ありがとう……少し訊いてもいいかしら？」

「はい。なんでしょうか」

エゼルがロバルティ伯爵夫人であることはこのメイドも知っているようだし、王宮の客人として扱われているのは確かなようだ。

それはいいが、別の不安が込み上げてくる。

「私、昨日ドレスのまま寝てしまったと思うのだけれど……」

「はい。陛下のご命令により、私どもが着替えのお手伝いをいたしました……何か不手際がございましたか？」

「いえ……いいの」

とりあえず、レオンが自らドレスを脱がせたわけではないとわかって、いくらかほっとする。

「それから……ここは？」

訊くのを躊躇《ためら》ったのは、もしかしたら自分の想像は間違っているかもしれない、という期待が微《かす》かに残っていたからだ。訊いてしまうと現実を受け止めなくてはならなくなる。

だがエゼルの期待は打ち砕かれた。

礼儀正しいメイドは、あっさりとエゼルの質問に答えた。

「後宮の一室です。しばらくこちらでお休みいただくように、と陛下が言っておられました」

「…………そう」

エゼルは強く目を閉じた。まったく喜ばしくない方向へ事態が進んでいるという現実を受け入れがたく、心が軋むのを感じた。

なんでこうなったのかなぁ……。

エゼルは、無駄に煌《きら》びやかな部屋でひとりため息を吐くことしかできなかった。

*

「ニコラス！」

時は遡《さかのぼ》り、前夜。レオンは閉じ込められた寝室から解放されるなり、廊下に出て、自分を陥《おとし》いれた側近を呼んだ。

近くの部屋で待機していたらしいニコラスが、すぐに姿を見せる。

「——お早いですね、レオン様……まさか、もう」

「早過ぎませんか、いくら陛下でも……」

「いや、お若いですな」

その部屋にいたのはニコラスだけではなかった。

王国の首脳陣である、宰相や大臣たちが揃《そろ》っていた。レオンは部屋に入るなり状況に気づき、目を眇《すが》める。

「何もしていない！　彼女は寝た」

「寝た？　何もせずにですか？　彼女は……」

「お前たちの画策に俺を巻き込むな！　そもそも……っそもそも！　彼女はなんだ!?」

レオンはまだ混乱していた。

しかし目の前にいる老獪《ろうかい》な者たちの思惑はわかっている。レオンをからかっているのだ。頭を抱えたいところだったが、ここでそうしたら彼らの策略にまんまとはまってしまったのを教えることになる。動揺していることはとうに知られているとわかっていても、簡単に負けを認めたくない。

「手慣れた者を選んだつもりです。お気に召しませんでしたか？」

「陛下の好みがわからなかったのですが……ただ、まさか娼館から後宮に女を呼ぶわけにもいきませんからな。情報を漏らすわけにもいかず、妥当な選択だったはずですが」

「彼女で慣れてもらってから、お好きな女性を選べばいいのです」

彼らは和《なご》やかだった。笑いながら、レオンの女性問題について話している。

それが何より、レオンの神経を逆撫でする。

「お前らは――、いったい何を考えているんだ!?」

「陛下のことですよ」

真面目に返したのは、ニコラスの父でありレオンの育ての親でもあるクリスト辺境伯だ。

「この国のことでもあります」

「――政権を取り戻し、こうして王にもなった。これ以上何が必要なんだ？」

「国のために、陛下のお子が必要です」

「それは、いずれ……」

「いずれ、の話では困るのです。妃殿下がいらっしゃらないのも国として困ります。後継者をもうけるのはもちろんのこと、陛下の隣に並び立つ方も必要なんです」

辺境伯に次いで進言した宰相には、レオンも頭が上がらない。

アーベル・バント宰相には前王の時代から継続してその地位に就いてもらっている。国を傾け、民に苛政をしいた王は、享楽《きょうらく》に耽り、政の一切を放棄していたも同然だったが、そのような状態で他国からの侵略や干渉をかわし、どうにか国として成り立たせようと奮闘していたのが彼だった。

政に興味を向けなかった前王も、国がなくなれば王で居続けられないと理解していたのか、宰相を罷免《ひめん》することはなかった。それでも隙あらば弱みを握って自分の言いなりにしようと画策していたようだが、それを掻《か》い潜《くぐ》り、どうにか国を、民をなんとか護ろうと頑張ってくれていたのだ。真面目で能力の高い宰相をレオンも信頼していた。

皆、正論を言っていることはわかっている。だがそれができるなら、レオンはすでに王妃と子供を得ているだろう。

「わかっている……わかっている、が」

レオンは片手で目を覆った。

「わかっているなら……」

「なるほど彼女は役に立たなかったのですね？　では別の女性を……」

「それはいい」

ニコラスの言葉を反射的に遮った。そのことに全員が反応したのに気づいたが、どうにもできない。

「陛下、彼女は今……？」

「ゆっくり休ませるために、着替えをさせて別室へ運ぶよう指示した」

「なんですって？」

「それはいい。彼女を選んだのはお前たちだろう。それよりも彼女は——彼女はいったいなんだ？」

「なんだ、とは？」

問い直されて、レオンも口ごもる。

レオンも正直なところ、何が知りたいのかわからなかったからだ。

それに答えたのは、クリスト辺境伯だった。

「エゼル・ロバルティ伯爵夫人、二十六歳。ロバルティ伯爵は二年前の内乱で戦死。実子はいませんが、遠縁の子供を養子に迎えており、ロバルティ伯爵家は継続可能。それもあってか、伯爵夫人は気楽な未亡人生活を謳歌《おうか》しているようです。まぁ、夫の伯爵が生きているうちから平民を愛人に引き込んだり男を誘惑したりと自由に生きていたようですから、社交界であのような噂が流れているのですが……」

「伯爵の葬儀にも、長く付き合っているその愛人と出席したとも言われています。正直なところ、こんなことでもなければ関わりたい女性ではないですね」

ニコラスはエゼルにいい印象がないのか、はっきりと顔を顰めていた。

つまり、エゼル・ロバルティは貴婦人でありながら、娼婦と思われているのだ。

レオンは先ほどの彼女の姿を思い出す。魅入られて固まってしまった自分に狼狽えながらも思ったのは、これならどんな男も落ちるだろうということだ。

派手な顔立ちの女性ではなかった。けれど、彼女の一挙手一投足に目が釘付けになる。些細な表情の変化に思考まで奪われてしまうのだ。

寝台に広がる豊かな黒髪。黒いドレスに包まれた細い肢体《したい》。

無防備過ぎる姿で眠っていただけなのに、思い出すだけでレオンの身体の一部を硬くさせる。これまでどんな女性を前にしてもこんな気持ちにも状態にもならなかった。もっと積極的に身を投げ出してきた者もいる。レオンはその者たちには何も感じなかった。むしろ面倒だなと思っただけだった。

「彼女は……」

なんなのだ、とレオンはまた考える。

しかし答えはまだレオンの中にはなかった。

レオンの次の言葉を待ち、全員の視線が集まっていたが、自分の定まらない気持ちを誤魔化すように手を振った。

「……せっかくだから、お前たちの画策に乗ってやる。彼女を——しばらく様子を見ることにする」

後宮に戻ったら、エゼルがいる。

そのことを思うだけで、レオンは心が浮き立つのを感じていた。

一方で、この事態を計画した側近たちの憮然《ぶぜん》とした表情には気づかないふりをするしかなかった。

＊

エゼルは用意されたドレスを着て、与えられた部屋でひとり寛《くつろ》いでいた。

いや、ただ座っているだけだった。それ以外にすることがないのだ。

エゼルはレオンの閨事の指南役として選ばれた。

ずいぶん一方的な選出だが、こうなった以上エゼルに拒否権はないだろうし、腹をくくるしかない。後宮に留め置かれているからには、昨夜のあれで終わりではないのだろう。

「……絶対無理……」

エゼルはぽつりと呟いた。

隣の部屋には誰かが控えているだろうが、声は届かないだろう。

上質なドレスを与えられ、賓客扱《ひんきゃく》いをされているけれど、その対価として求められるものをエゼルは差し出せないとわかっていた。

わかっているから、顔を顰めるのだ。

「閨の手ほどき……？　いったい誰が？　どうやって？」

当然、この場に答える者はいないけれど、呟かずにはいられなかった。

なぜならエゼルは、社交界で男を惑わす淫婦と呼ばれていても、悪女と評判になっていても、その身体は清らかなままだったからだ。

「処女に無茶ぶりしないでよ……」

誰にも聞こえない小さな声をため息と一緒に吐いた。

エゼルは自分が、まるで娼婦のようだと噂されているのも知っていたし、夫のいる身でありながら愛人の存在を隠しもしない悪女と言われているのも知っていた。

だが、それを承知の上で堂々としているのがエゼルの務めだった。

すべては、ロバルティ伯爵家を守るためであり、夫クインとの約束でもあった。

エゼルを結婚という方法で助けてくれて、どこへ出しても恥ずかしくないような淑女としての振る舞いを教えてくれたクインのために、エゼルはその務めをしっかり果たすつもりだった。

　ロバルティ伯爵家は、元々、クインの遠縁のイアンに継がせるつもりで、すでに養子縁組が終わっている。イアンはもうすぐ十六歳で、エゼルとは十歳しか違わない義母と養子の関係だが、仲はとても良かった。クインが亡くなった今、血の繋がりはないとはいえ、たったふたりの家族としてお互い大事に思っている。

　今は領地にいるイアンだが、王都の屋敷からエゼルが突然いなくなったと知ったら、心配するに違いない。今頃は、屋敷の使用人たちから、エゼルが王宮に呼び出されてそのまま帰って来ないことを聞いているかもしれない。

　古参《こさん》の使用人たちはエゼルの真実を知っているから、エゼルが閨事の指導を命じられたなどと聞いたらどう思うだろうか。頼もしくもあったが突拍子のないことをしでかすのが好きだったクインに仕えてきた者たちだ。また大変なことに巻き込まれたな、と心配しつつも呆れるかもしれない。

　しかしまぁ彼らのことは今自分が心配しても仕方がない、と思考を切り替える。

　問題は自分自身のことだ。

「……本当に、私……陛下とするのかしら……？」

　呟いた瞬間、ココン、と軽いノックの音が響いた。

「――はいっ？」

　びっくりして応じたのと同時に、扉が開く。そこでさらに驚いた。

現れたのが、メイドではなく問題のレオン・ファルコーネだったからだ。

慌てて立ち上がったエゼルに対し、レオンは昨夜とは違い堂々とした態度だった。まさについ昨日まで、エゼルが知っていた王の姿そのものだった。

レオンは整った顔を気難しそうに歪め、威厳たっぷりに立っている。

エゼルは、ハッと気を取り直し、彼を出迎えるためソファから立ち上がると、カーテシーをした。

「…………」

「…………」

何故か無言が続く。

エゼルはそろそろ足が痺《しび》れてきたな、と伏せたままの顔を少し歪めた。上の身分の者に礼を尽くすのは当然のことではあるが、頭を下げさせたままこれだけの間なんの反応もないのはおかしい。おかしさを通り越して苛立ちすら覚える。

「…………」

目の前の男はいったい何を考えてそこに立ち続けているのか。もういい加減顔を上げてやろうかしら、と考え始めたとき、詰めていた息を吐き出す音と共に低い声が聞こえてきた。

「――エゼル・ロバルティ伯爵夫人」

「――はい」

「話がしたい。顔を上げてくれ」

レオンの言葉にほっとして、エゼルはようやく顔を上げて姿勢を正した。そしてまっすぐにレオンを見返す。向こうがすぐさま視線を逸《そ》らしたことを訝《いぶか》しんでいると、「座れ」と促された。

「失礼いたします……」

昨日とは逆にレオンに見下ろされ、エゼルは居心地が悪くなったが、そもそも何を話せばいいのかわからないので何も言えない。

レオンは何故か突っ立ったまま、こちらに近寄ろうともしない。まるで、エゼルとは一定の距離を保たねばならないと思っているかのようだ。

彼はしばらくその場でそわそわした後で、ようやく口を開いた。

「……そなたの、仕事のことは聞いた」

仕事、とエゼルは口の中で繰り返した。

未亡人が国王を相手に閨の手ほどきをすること——それを「仕事」と言われると、本当に娼婦にされたような気がした。

もちろん、そういったことをする貴婦人——未亡人であるなしにかかわらず——がいるのは知っているし、実際に何人か名前を挙げることもできる。

それでも、その人たちではなくエゼルが選ばれたのだ。淫婦という悪評が社交界でどれほど広まっているのかよくわかるというものだ。

こちらを見下ろしてくるレオンを冷めた気持ちで見上げていたエゼルだが、その視線を受け止めたレオンの目がまたふらふらと泳ぐ。

「——……？」

本当に、いったいなんなのだろう、と眉根を寄せると、レオンはその場を誤魔化すようにひとつ咳をして口を開いた。

「その……そなたが、その、あれ……アレに長けている、と、は、その……聞いたが。俺はその——……」

なんてこと……。

威風堂々《いふうどうどう》、という言葉が誰よりも似合う容姿を持ちながら、娼婦と呼ばれる女を前にしてこれほど言動が覚束《おぼつか》なくなるなんて。エゼルは心から驚いていた。

エゼルも昨日は酒に呑まれていて、レオンの様子を気にすることができるほど冷静ではなかった。ニコラスからあらかじめ聞いていても、どこかでまさか、と思っていた。

けれど確かに、彼は——下剋上を成し遂げた王は、女性を知らないのだ。しかもそれを口に出せない程、純情でもあるらしい。

民たちに英雄王と称えられ、貴族たちからは虐殺王と恐れられる王であるのに、こんな一面を持っていたとは。

普段は、俺、と言っているのね。

王としての、公の振る舞いを忘れるほど動揺している彼を前にして、エゼルは何故か心が浮き立っていた。

そこでふと、自分に求められている役割を思い出し、彼の純情ぶりを考えて、これならまぁ大丈夫かも、と思い直した。

本当は、昨日の醜態《しゅうたい》を彼の頭の中から消してほしいと願っていたし、できるなら他の女性を勧めて自分は領地に引き籠もりたいところだったが、恐らく、こんな情けないレオンを見た女はエゼルが初めてだろう。

そのことに、心が弾んでいる。

楽しいことが大好きだった夫と、それにいつも便乗してくる画家の友人に教えられた知識が次々と蘇る。何も知らず、何もできなかった子供のエゼルを一人前の淑女に育ててくれた彼らの口癖は、人生を楽しむこと。そして、できないと思う前にやってみること――

そう考えると、エゼルは自分のやるべきことが見えた気がした。

「陛下、改めておっしゃらなくても……私はすべて存じております」

「……っ」

冷静に、というより笑みを含んだ穏やかな声で告げると、レオンはびくりとわかりやすく肩を揺らした。

その様子にエゼルの気持ちはさらに昂《たかぶ》ってくる。

「陛下には、私が必要、なのでしょう……？」

「そ、それは！　その……っ」

「恥ずかしがることではございません。陛下はこの国を救ってくださった英雄。多くの民と同様に、もちろん私も尊敬しております。そのようなお方に頼られて嬉しくないはずがありません」

「そ………っ！」

そ、しか言えてないわよ。

エゼルはにこりと微笑んだ。

堂々たる普段の彼からかけ離れたへなちょこ具合に、驚きを通り越して楽しくなってしまったのだ。今の彼はまるで思春期の青年のようだ。

可愛いとすら思ってしまう。

年上の異性に対してそう思ったのは、これが初めてだった。

やっぱり、噂と真実は違うものね……。

「もちろん、陛下が私でご不満でしたら、私も他に何人かこういったことに長けた方を存じておりますので――」

「いや！　このままで！」

身を退くような言葉を口にしたエゼルに、レオンは言葉を被せるようにして待ったをかける。

咄嗟に出たのだろう自分の発言にレオン自身が戸惑っているのがわかり、エゼルは目を細めた。

「――光栄です、陛下」

「う……むっ」

レオンが必死に厳めしい顔を保とうとしているのがわかり、エゼルは噴き出すのを堪えていた。

女を知らないレオンでも、さすがにからかわれているのがわかったのかもしれない。強張った表情を緩めることなく、「――では、夜に、また来る」と言い置いて部屋を出て行った。

偉そうな態度を保ちつつ――王であるから当然ではあるのだが――その耳が赤いことに、エゼルは気づいていた。

「ふふふ、本当に――あれが、陛下？」

その強さと知性に憧れていない者はこの国にはいないだろう。エゼルも彼を尊敬しているのは本当なのだ。

そんな人の違う一面を見られたことで、こんなにも高揚している自分が不思議で、笑い声を抑えることができなかった。

「いやだ、どうしよう……クインたちのせいね。変な趣味に目覚めたらどうしてくれるの？」

今は亡き、心の中にいる夫に愚痴《ぐち》を言いながらも、口元は緩んでいた。

ひとしきり笑った後で、エゼルはしかし眉根を寄せて考えた。

「でも……手ほどき、か……」

　どうすればいいかしら？

　誰にも知られていないが、エゼルとクインにはいわゆる夫婦関係はなかった。ただ、その手の知識だけは人一倍持っている。夫のクインが、自身の言葉やその手の本で教えてくれたからだ。

　契約結婚という言葉が相応しいエゼルたちの結婚だったが、情がなかったわけではない。むしろ、本当の娘のように、妹のように可愛がってもらっていた。社交界に出たエゼルが、ろくでもない男に簡単に篭絡《ろうらく》されないよう、必要な知識をすべて教えてくれた。それこそ、普通の男女の関係では必要ないくらいの細かさと濃い内容だった。

　半分以上はクインたちに面白がられていたのだと、今ではわかる。エゼルも何も知らないレオンを前に、からかって面白がってしまっていたから。

　ともあれ、そういう理由で女の身体の仕組みはよく知っているし、男の身体のことも知っている。

　もちろん、どこをどうすれば、どうなるのかも。

　知ってはいるが実践《じっせん》など一度もしたことのないエゼルは、さてどうしたものか、と考えに耽った。

「う……うーん……まぁ、なんとか……？　なるようには？　なるかしら？」

　いろいろな知識を思い出してはイメージしてみることをくり返す。

当然、不安はあるものの、逃げられる状況ではないことも確かなのだ。やるしかない。

さらに考え込んでいると、静かなノックの音が聞こえてきた。

「ロバルティ伯爵夫人、お客様でございます」

隣の部屋で控えていたのだろう、メイドの声だった。

客？　と訝しんだのは、ここが王宮の奥で、王の私室でもある後宮の部屋だからだ。自室のようにリラックスしてしまって忘れそうになってはいたが。

つまり、他の誰かが勝手に入って来られる場所ではないはずだ。

いったい誰だろう、と考えながらも、断る権利はエゼルにはないのだろう。

この場所に入れるということは、少なくともエゼルより身分が低いはずはないからだ。

「どうぞ、お入りいただいて」と伝えるとすぐに扉が開き、撫でつけた灰色の髪に、丸い眼鏡をかけた紳士が、きちんと一礼をして部屋に入ってきた。

「――失礼いたします、ロバルティ伯爵夫人」

「貴方は……」

「ジョセフ・バントと申します。宰相補佐を務めております」

ジョセフ・バント。

その名前をエゼルが知らないはずがない。いや、この国に住む者なら誰だって知っている。高潔の士として有名なバント侯爵家の後継者であり、次期宰相候補だ。

年齢はエゼルより十歳以上年上だったはずだ。やや細身で背の高いその姿は、亡き夫であるクインを彷彿《ほうふつ》とさせ、エゼルは懐かしさと寂しさを覚えた。

バント侯爵家が有名なのは、現宰相の家だからではない。前王の時代、ぎりぎりのところで国が崩壊しないでいられたのは、アーベル・バント宰相のお陰だからだ。

気に入らぬ者は高位貴族であっても文字通り切り捨ててきた前王を前にしても一歩も引かず、弱みを見せず付け入る隙も与えなかった。その地位を以って権力を思うままに扱ってきたのではない。徹頭徹尾《てっとうてつび》、国のために働いてきた家なのだ。

そのバント宰相の嫡男であり、次期宰相であることがほぼ確定している者。そんな重要人物が突然目の前に現れたのだから、レオンに手ほどきをしろ、と言われたときくらいの動揺があった。

「バント閣下——」

「ジョセフで結構です。家名では父と被ってややこしくなりますので」

そう言いながら、エゼルの向かいに座る姿は確かに貴族らしく優雅だが、メイドにお茶の用意を言いつける様子はきびきびとしていて高位の文官らしさがある。ジョセフはエゼルよりもよっぽどこの部屋の主人に相応しい様子でお茶を受け取って一口飲むと、メイドたちを下がらせた。

「あまり聞かれたくない話をしますので——ですが扉は少し開けておきますよ。大声で叫べば隣室のメイドが駆けつけてくれますから」

「はい……。お気遣い恐れ入ります」

エゼルに気遣いを見せてくれるジョセフにまたさらに驚く。

宰相補佐なのだ。エゼルの評判を知らないはずがない。それにこの後宮の一室に会いに来たのだからエゼルがここにいる理由も知っているはずだ。

それでもエゼルの体面を気遣ってくれることに驚いたのだ。

「あの——ジョセフ、様？」

「時間があまりないので、失礼かとは思いますが、本題に入ります」

エゼルが声をかけると、ジョセフはわかっている、というように頷いて話し始めた。

「ロバルティ伯爵夫人、この状況を貴女が不本意に思っているだろうことを我々は知っています。その上でお話ししますが……」

「それは——私に、与えられた仕事について？」

「ええ。陛下に対して荒療治の方法を採りましたが、貴女からすると迷惑なだけだろうと思います」

「それなら——」

「それでも、陛下を支える立場の我々としては、どうしても解決せねばならない問題だったので、決行いたしました」

エゼルが迷惑だと思っているのを知りながら、ジョセフは悪びれる様子がない。

その堂々とした態度に、怒りを感じるよりも先に呆れてしまい、肩を竦《すく》めて受け流した。

彼らも真剣なのだろう。確かに、王に跡継ぎがいないことはこの先の混乱を予感させる。

とはいえ、解決の手段として乱暴過ぎるのも確かだ。

「迷惑ついでにもうひとつ、貴女にお願いをしなければなりません」

「お願い、ですか？」

「ええ——陛下の、社交嫌いをどうにかしたいと思っておりまして」

社交界というものは、時間の流れが政治とは違うことが多い。また、半分以上が顔つなぎや無為《むい》な時間を過ごす集まりでもある。もちろん、その一見無駄な集まりこそが重要なのだと知っているから誰もが参加するのだが、辺境で暮らしていたレオンはまだるっこしいことは苦手なようだ。何かをするときには誰かの顔を立てねばならないとか、誰かに融通を利かせるときにはまた他の誰かに誤解させないようにしなければならない、などという面倒を嫌っている。その上、望んでもいない秋波を送られるので、嫌気がさして足が遠のいているらしい。

だが内乱から二年が過ぎ、新しい王政が軌道《きどう》に乗り始めた今、貴族との関係強化も重要な仕事だ。

それを後回しにしがちなレオンをどうにかしたい、というのがジョセフたち側近の総意らしい。

エゼルは、ジョセフの簡潔で明快な説明に、自分に求められていることを知った。

建前だと思っていたが、そちらが本来の仕事だったようだ。

「——つまり、私に陛下を社交界に連れ出せ、とおっしゃっています？」

「社交界で貴女の顔が広いのは周知のこと。新参者である陛下にもうまく顔つなぎをさせられる。それに社交界の華でもある貴女が隣にいれば、陛下もすぐに逃げ出すことはないでしょう」

――ずいぶんと、見込まれたみたい。

だけど、とエゼルは顔を歪めて笑った。

「華だなんて、持ち上げていただかなくても、自分の評判は承知しています。華は華でも、私は――」

「貴女は確かに美しい華ですよ」

言葉を遮って言い切ったジョセフに、エゼルは目を瞬かせた。

彼が真面目に言っているのがわかったからだ。

「どうして――」

「陛下のために貴女に頼んだこの仕事ですが――貴女のあの噂だけを信じて適任だと言う者もおりましたが、私は貴女がこれを喜ぶはずがないと知っているので」

知っている。

エゼルはその言葉に思考が停止した。

「どんなに悪く言う者がいようとも、貴女がそこにいるだけで場が明るくなります。良くも悪くも、話の中心に貴女がいるのです。それは事実であり、貴女にも否定はさせません」

「あ……貴方は、いったい」

「表立って会ってはいませんでしたが……私はクインの友人でした」

「――――」

「優しく朗らかで、笑顔の絶えない男でした。そして信頼できる友人でもありました」

そのクインは、もういない。

彼が死んでもう二年以上が過ぎたが、まだ二年しか過ぎていないとも思う。

エゼルは、目の前のこの彼も自分と同じようにクインを想ってくれているのだと知り、心が温かくなった。だが同時に、クインを知っていると言われると落ち着かなくなる。

「その、ジョセフ様――ど、どこまで」

動揺のあまり中途半端な質問になってしまったが、エゼルが訊きたいことをジョセフは理解しているらしい。穏やかに笑って答えた。

「彼の婚姻の書類を用意したのは私です。当時はとんでもない無茶を言い出した、と思いましたが、クインのすることは、結果的にいつも間違っていませんでした。ですからあのときも、彼が言うのならと」

お陰で、今のエゼルがいる。

それを喜べばいいのか、その前にお礼を言うべきか。いやそもそも、結果的にここに連れて来られた苦情を言うべきか、混乱しているエゼルを見て、ジョセフは安心させるように笑みを深めた。

「大丈夫です。貴女がクインのために積み重ねてきた努力を、恐らくクインたちの次に知っているのが私です。――しかしながら、私は政を担う者。利用できるものはすべて利用し、為さねばならないときがある」

途中で真剣な顔になったジョセフにエゼルも緊張するが、あのことはバラされているわけではないようだとほっとする。

けれど、エゼルの状況を知りながらも、利用する、と断言したことが気にかかる。

「私は、陛下のために、この国のために、貴女の社交性を利用したいと考えています」

そこに繋がるのか、とエゼルは納得した。

ジョセフは、王としてのレオンの地位を確固たるものにするために必死なのだ。そのために必要なことは、どんな手を使ってでも行うつもりなのだろう。

「これは私の父である宰相も望んでいることです。どうにかして陛下を、社交界に馴染ませてもらえませんか」

エゼルは、今の状況を理解するべく、頭を働かせた。

彼らは、レオンに前王を討たせて、新たな王にまつり上げておきながら、血なまぐさい野蛮な王のままでいさせたくないのだ。平穏な時代に相応しい知性と社交性があることを広めたいのだ。

その伝手《つて》として、評判はどうあれどこの集まりでも堂々と渡り歩けるエゼルが必要なのだろう。閨の手ほどきをしろ、と言われるよりは簡単だ。

ジョセフの意図を汲み取りはしたが、エゼルは考えながら眉根を寄せて首を傾げた。

「………？」

「……何か質問が？」

ジョセフに促され、エゼルは考えても答えの出ない疑問を口にした。

「つまり……ジョセフ様、貴方がたの望みは、陛下に社交界に慣れてもらいたい——そのために、私に付き添い、のようなことをしてもらいたい……」

「そうです」

「社交界に慣れれば、陛下も次第に他の女性たちを避けなくなるだろうと……」

「そうです」

「………と、すると、私がここに留まる必要、ありますか？」

ここ、というのが、押し込められるようにして滞在している後宮のことだとジョセフも理解しているだろう。

エゼルは、女性に慣れてもらうため、という理由で選ばれてここにいるが、社交の場で連れまわすだけなら後宮に連れてくる必要はない。

「それは……」

これまですらすらと説明してきたジョセフは、急に視線を外し、不自然なほど目を泳がせ始めた。

「ジョセフ様？」

「………陛下が、望まれたことですので」

「手ほどきを!?」

思わず口から出てしまったが、エゼルとしては驚きと呆れを隠しきれない。

「ええ、その――陛下もお年頃ですし」

「お年頃？　私よりもふたつ年上の二十八歳のお年頃？」

「………長くくすぶっておられた分、期待が高まっておりますので」

「私の事情はご存じなんですよね、ジョセフ様!?　私に期待されたところで望む結果は得られないと思いますが！」

「く……っわかっているのですが――社交界に慣れることも重要ですが、女性に慣れることもやはり重要で」

「そこはやっぱり高級娼婦のお仕事では？　むしろそっちのほうがいいのでは!?」

「私もそれとなく、そちらを勧めてみたのですが――」

「が？」

「………陛下が、望まれたことですので」

――私を？

エゼルは一瞬感情が抜け落ちるほど呆れた。あの英雄と称えられるほどの傑物《けつぶつ》が、処女のエゼルに骨抜きになっているというのか。酔っ払った勢いでしてしまったことがそれほど気に入ってしまったのか。ならば彼の趣味も真っ当ではないかもしれない。

エゼルは頭を抱えたかった。

二十八年分の期待をエゼルにされても、エゼルだって困る。

「貴女が非常に博識であることは私も聞き及んでおりますので、安心して陛下を任せられると信じています」

にこりと笑うジョセフの顔には、押し付けて逃げるつもりです、と書かれてある。

エゼルは目を据わらせて彼を見返した。

その視線から避けるように、ジョセフはそそくさと席を立つ。

「ああ、そうでした。社交の場にさっそく出ていただきたい、とお伝えするのを忘れておりました。――今夜開かれる春の夜会に陛下とご出席をお願いします」

「――え!?」

「せっかくの機会を逃す手はないでしょう。ロバルティ伯爵夫人、貴女の手腕に期待しています。ああ、ドレスなどはこちらでご用意いたしますのでご安心を」

「――いえ」

言い逃げの体勢でいるジョセフに、ここで追いかけて文句を連ねても意味はない。エゼルはとりあえず感情を押し殺し、冷静に言い返した。

「それなら、自分で用意したものがありますので――屋敷に取りに戻りたいのですが」

「では、取りに向かわせましょう。メイドに手紙を渡せば伯爵家の者に届くようにしておきます」

「……わかりました」

どうあってもエゼルをこの後宮から逃がさない、という意志が見え見えで、いっそ清々しいほどだった。

「では、夕刻には、陛下が部屋にいらっしゃいますので」

そう言って、ジョセフは今度こそ部屋を出て行った。

ひとりになったエゼルは、ソファに深く座り直し、上を向いて大きく息を吐いた。

「――もう、なんなの、いったい」

考えることが多過ぎる。

エゼルがクインと結婚した経緯や夫婦関係について知っているのは、今は亡きクインと友人のザック、そしてロバルティ伯爵家の使用人くらいだ。決して外部に漏れないよう秘《ひ》匿《とく》されていて、それはいまだに守られていると思っている。エゼルはそれほど、クインに大切にしてもらっていた。

家の者以外は誰も知らないと思っていた秘密を知っている者がいると思うと、悪戯に広めるような人ではないとわかっていても動揺しないではいられない。

しかし、まぁそれはいい、と頭の隅に追いやった。

それよりも重大なのが、レオンの閨の相手からは逃れられないということだ。

面白そうだと一度は思ったものの、二十八年分の期待、と言われてしまうと、知識しかないエゼルでは力不足なのではないかと不安がまた頭をもたげてくる。

そこへまた、扉を叩く音がした。

「――伯爵夫人、レターセットをご用意いたしました」

そう言って、メイドが入って来る。その手の上のトレーにはレターセットがのせられていた。

出て行くついでにジョセフが言いつけたのだろう。仕事が早いことだわ、と半ば呆れながらも、ぼんやりしている暇はないと、エゼルはとりあえず、今すべきことを為すために動くことにした。

# 2章

夜会に出席するなど聞いていない。

レオンは不機嫌を隠しもしなかった。

今夜のレオンの予定に、煩《わずら》わしい社交の場に出席することなど入っていなかったはずだ。

媚びへつらいながらも、腹の中では田舎者、無骨者と嘲《あざけ》っている貴族たちの相手などしたいはずがない。他の匂いがわからなくなるくらい香水臭い女たちに囲まれることも嫌だった。

我ながら子供っぽいとは思うが、本当に子供であるなら、はっきりと駄々《だだ》を捏《こ》ねているところだ。

しかし貴族をまとめる王であるなら社交も必要なことで、後回しにすればするだけやっかいになるとわかっている。

それに今夜はエゼルが一緒にいる。

つまり、今夜のレオンの相手は決まっているのだ。エゼルが一緒にいるなら、突進してくる女たちは避けられるかもしれない。

ただ、そのエゼルとしたかったのは、建前ばかりの社交界を練り歩くことではない。もっと、今日こそ、俺は——。

手が無意識に何かを摑もうとしたが、慌てて引っ込める。

エゼル・ロバルティ伯爵夫人。

彼女の肌の白さから妖艶に笑う唇の形まで鮮明に思い出せることに驚いてしまう。レオンよりふたつ年下らしいが、あれほど落ち着きがあるのもめずらしい。だが、彼女の印象はもちろんそれだけではない。

その場にいる男たちの視線を一身に集めるほどの色気があるのだ。彼女はいったい何者なのか。

ニコラスからの情報によれば、その評判はあまり良いとは言えない。——悪女、淫婦とも言われているようだが、その言葉は正しくないと思う。

一度彼女とまみえれば、誰でもそれに気づくだろう。

一見、地味な装いのエゼルは目立つとは思えない。けれど、彼女の黒い髪に白い肌。そして黒目がちの大きな瞳。ぽってりした下唇は柔らかそうで、それに触れたいと思わない者はいないだろう。

その艶やかな口から零れる、低く甘さを感じる声は、何も知らないレオンを惑わせるセイレーンの歌のようだ。

それを、レオンはひとりで感じるつもりだったのだ。今日は。今夜こそは。

今夜こそ、女性の深淵《しんえん》に迫るはずだった。

昨夜あれほど翻弄《ほんろう》されてしまったこの身を情けなく思うが、女性を知らないのだから仕方がない。エゼルがこの先、何をどう教えてくれるのか——それを楽しみにしないでいられようか。

レオンは自分を破廉恥で浅ましい、と思いながらも、側近たちがその破廉恥な行為を望んでいるのだから、今後も堂々と彼女の手を取れると期待——そう、期待していたのだ。

そのために、仕事を早く終わらせようと頑張ったというのに、夕方になって宰相のアーベルが言い出した。

『今夜の春の夜会にご出席ください』

なんでそんなものに出席せねばならないのだ、と言い返したものの、エゼルと一緒に、と言い添えられると、はっきりとは拒絶できなかった。

そもそもレオンとて、社交の必要性はわかっている。だが快く出席したいと思える場ではない。

面倒だからまだ必要ないとかわしていたのだが、今回の側近たちはどうやら本気らしい。本気でレオンを社交界へ連れ出すつもりなのだ。

反乱軍としてレオンに力を貸してくれたのは辺境の貴族たちが多く、彼らは王都の社交界に積極的には顔を出さない。だからレオンは社交の場に知り合いは多くない。そもそも、浮かれた貴族たちの会合や夜会にはまったく興味が湧かなかった。

贅沢《ぜいたく》好きの前王の時代は、社交シーズンの集まり以外にも、王宮主催の会が呆れるほど多かった。何もない日を探すほうが早かったくらいだ。

だいたい、「薔薇《ばら》が美しく咲いた記念日」だの、「青い瞳の者に捧げる詩の日」だの意味がわからない。その度にパーティを開いていたのだ。国が傾くのも当然だった。

レオンは、そんな思い付きで決められたパーティを、王になってすぐ、ことごとく潰してきた。まったく無意味で税金の無駄遣いだったからだ。王都の優美な感性を理解できない田舎者、と非難されても、そんな感性を理解するくらいなら、成り上がり者と罵《のの》しられたほうがましだ。

本当はすべてのパーティをなくしてしまいたかったのだが、国としての体裁を保つため、昔から続いているものだけは残すことになった。

今日催される春の夜会もそのひとつだ。

毎年、山間部の雪が融《と》けて王都に人が集まる頃に催されていたパーティで、貴族たちにとって大事な情報交換の場でもある。よって、本来ならレオンも出席すべきなのだが、王になって出席したいくつかのパーティで嫌気がさして、今に至っている。

そんなものよりエゼルのほうが大事ではないのか。そもそも、後継者をつくれと言ったのは側近たちだ、と不満はあったものの、すでにエゼルも支度をしている、と言われれば迎えに行かないわけにはいかない。

納得はしても不機嫌さを隠さないまま、レオンは自分の着替えを済ませて、エゼルを迎えに後宮の入口へ向かった。

王宮は、王の私的な空間である後宮と、執務を行うための宮殿とにわかれている。そこを区切っている門扉でエゼルは待っていた。

待っていてくれた。

彼女はレオンに気づくなり頭を下げる。

「――――」

エゼルのカーテシーは美しい。

これぞ貴婦人の見本という美しさだが、レオンが言葉を失った理由はそれだけではない。

エゼルの纏うドレスが黒かったのだ。

すべてがただ黒いわけではない。裾や袖口には大胆に金の刺繍が入っている。しかし華美な印象はなく、むしろ落ち着いており、胸元も黒糸のレースでぴっちりと鎖骨まで隠されていて、それが却《かえ》って息を呑むほどの色香を感じさせるのだ。

魅惑的な身体のラインのせいかもしれない。

今の流行だとかいう、ゴテゴテとした飾りなど一切ついていない衣装だが、とても彼女に似合っていた。

そういえば、レオンの正装用の服も黒を基調としていて、シャツは白いが、派手過ぎないものだ。もしかしてエゼルとお揃いなのでは、と考えると少し気分が良くなった。

そこでふと、無言のままでいることの不自然さを思い出し、レオンは口を開いた。

「――待たせたな」

「いいえ、陛下。お忙しい中わざわざ足をお運びくださり、ありがとうございます」

顔を上げたエゼルは、整えられたような綺麗な微笑みをレオンに向けた。

社交辞令だ。

そう思ったが、浮き立つ心を抑えられない。

レオンは気持ちを落ち着かせるために視線を外し、エゼルに腕を差し出した。

「今日は……あまり長くいるつもりはない」

面白いことが待っているわけでもないのに、元々好きでもない夜会に長時間いるつもりはなかった。

エゼルの手が、レオンの腕に触れる。

「かしこまりました」

少しだけ、重みを感じた。

エゼルの言葉を途中までしか聞き取れなかったくらい、レオンは近づいた彼女の身体が気になって仕方がなかった。

この身体をお預けにされて、どうして夜会なんかに出なくてはならないんだ？

そう思ってしまうのは、無理もないことだった。

＊

レオン・ファルコーネは、本当に国王陛下だった。

慌てて支度を終えたエゼルを迎えに来た彼を前にして、改めてそう思った。

エゼルは、王都の屋敷にいる自らの使用人たちに状況を説明するとともに、指定のドレスを持ってくるように手紙で伝えた。手紙は、後宮の使用人が屋敷まですぐに届けてくれた。

突然、王宮に呼び出された主人が一晩経っても帰ってこないのだ。彼らには心配をかけたに違いない。

春の夜会には元々出席する予定だったからドレスの用意もしてあった。

せっかくの新しいドレスを着ないのはもったいない——という理由もあるが、エゼルは後宮で用意されていたドレスを着るつもりがなかった。

他に着るものがなかったから仕方なく、今朝は用意されていた中で一番地味で暗い色を選んだが、エゼルが普段身に着けるドレスの色は基本黒、もしくは紺《こん》だ。

これはクインが亡くなったときから続けていることで、エゼルはまだ夫を忘れていないのだと周囲に知らしめているのだ。

とはいえ、自由奔放な伯爵夫人のイメージが強く、悪女という通り名が似合うエゼルがそうしたところであまり信じてもらえていないだろうが。

エゼルはこの国では珍しくもない黒髪に黒目で、平凡な顔立ちだ。けれど、視線や仕草ひとつで雰囲気はまったく変えることができる。

そう教えてくれたのも夫であるクインだ。

最初の頃はものを知らな過ぎて、新しい知識をとにかく貪欲に取り込んでいたものだが、いつからか夫に面白がられていると気づいた。

けれどそれが自分でも嫌ではないとも気づいた。

クインが笑ってくれることは、エゼルにとっても楽しいことだと教えてもらったからだ。

何も知らなかったエゼルに、楽しいことも面白いことも嬉しいことも悲しいことも、すべてを教えてくれたのはクインなのだ。

クインの教えに従うなら、彼の死後もエゼルは人生を楽しく過ごすべきだった。

喪に服しながらも社交界に顔を見せているのはそのためでもあった。

クインがいなくなってエゼルと同じくらい——いや、それ以上に悲しんでいたザックも、エゼルが屋敷に引き籠もることをよしとしなかった。

だから、どんな悪評が立とうとも、クインのために社交界で笑っていたのだ。

そんな社交界を知り尽くしているといってもいいエゼルが改めて見ても、このレオンの男ぶりは素晴らしいと思った。

昨夜の彼と同じ人物だろうかと疑うほど威厳たっぷりで、側近たちが言うように、「社交は嫌だ」などと子供の様に駄々を捏《こ》ねる姿など想像できない。

今日の春の夜会はその名のとおり、夜に行われるパーティで、過ごしやすくなった春の気候に合わせて王宮の庭に面した大広間を開放して行われる。

大広間の入口に控えている侍従が、新しく入場する者の名前を高らかに読み上げて周囲に知らせるのだが、王の入場を知らされたとき、その場にいた全員が驚いたはずだ。

社交嫌いで田舎者と揶揄されていたレオンが夜会に顔を出したのだから。

美しい王の存在は、国にとっても自慢のひとつになるに違いない。

内乱のときにも自ら率先して戦場に立ったレオンだ。逞しさはそのあたりの紳士たちの比ではないし、荒々しくも気品があるのはやはり王族の血を継いでいるからなのかもしれない。その王の姿を見て、皆動揺を隠せないようだった。

会場にどよめきが走ったのは、レオンの隣に立つ者のせいでもある。

社交嫌いのレオンの隣に、社交界きっての淫婦とも評されるエゼルが並んでいるのだ。

もしもエゼルが彼らの立場だったら、自分だって驚いただろう。

エゼルはそんな彼らの動揺を笑顔でかわし、レオンを中央付近へ促す。

会場内は立食用の軽食が並び、休憩用にとソファやテーブルも各所に用意されていて、気の合う者同士がそこここに集まって時間を過ごしている。

もちろんレオンの席は、上座の良い場所に豪奢な椅子が用意されているが、エゼルに求められているのはその椅子にレオンを座らせて貴族たちを挨拶に並ばせることではないだろう。

エゼルは上座には向かわず、そのまま会場内を進んで顔見知りと挨拶を交わし、レオンに紹介していった。

レオンの態度は国王らしく威厳があったが、偉ぶっているわけではない。

貴族からの挨拶をきちんと受け入れてくれる、と気づいた者から次第に集まってきたが、エゼルはちゃんと身分や立場を見極めて順にレオンに紹介した。

「陛下、この方はハリー・エイベル侯爵です。エイベル地方のご領主です」

「お久しぶりでございます、陛下。お忘れかもしれませんが、以前に……」

「ああ、エイベル侯か。覚えている。内乱の折には医療品を多く届けてもらったな。感謝している」

「陛下、あちらはダンヴィル男爵とイーガン子爵で……」

「うん、北の地方の者だな。北方にももう春は訪れたか？」

エゼルが驚いたのは、レオンは社交界をあれだけ嫌っていたにもかかわらず、貴族たちをよく知っていることだった。

レオンの返答に誰もが気を良くしていく。

田舎者、力で押さえつけることしかできない粗暴な虐殺王と罵っていた者たちも、自分の名前が知られているとなると話は別のようだ。

この調子でいくと、エゼルの助力など早晩要らなくなるのでは、と考える。

それはそれでいいのかも、とエゼルは胸を撫で下ろした。しかし同時に、ちょっともったいなかったな、とも考えて、はっとする。

もったいないって何が!?

この、今の国王然としているレオンからは想像できなかった、昨夜の姿が蘇る。

酔っ払っていたとはいえ、エゼルは面白がっていた。

演技でもなんでもなく、心から楽しんでしまっていたのだ。受け身のまま震えるだけのレオンの姿を、もっと見てみたいと思ってしまった。

「――」

まさか自分にそんな性癖があったなんて、と衝撃を受けたが、原因はクインとザックだとわかっている。人の道を外れない程度に面白いほうへと突き進んでいく夫たちの性格は、エゼルにも大きな影響を及ぼしていたようだ。

大広間に入るなり、入れ替わり立ち替わり貴族たちと会話をしていたが、主な者たちとはひと通り挨拶し終えたと思ったのか、目の前の人が途切れたとき、レオンがエゼルを呼んだ。

「――エゼル？」

「――はい」

クインたちのことを考えていたエゼルは、今はレオンを優先せねばと姿勢を正す。

気を抜いている場合ではない、と気持ちを新たにしたが、レオンの視線がじっとエゼルに注がれていて戸惑った。

「どう……か？」

「どうした?」

「——えっ」

「疲れたのではないか?」

「そんな——」

ぼうっとしてしまっていたのを気遣われたようだ。

まさかこれくらいで、とエゼルは笑い飛ばしたかったが、レオンはエゼルの様子を確かめるようにまじまじと見ている。

「疲れたなら寄り掛かるといい」

「陛下……っ」

疲れたわけではないのに、レオンはエゼルの腰を抱き寄せ、身体を寄り掛からせる。慌ててエゼルが離れようと身じろぎするも、力の差は歴然としていてレオンはびくともしなかった。

「つ、疲れているわけではないですから——」

「そうか? しかし……そなたは細いし」

こんなにも、とレオンは呟きながら、腕を支えるようにしてエゼルの手に触れた。

後ろから支えるように手が伸びてきて、まるで抱きかかえられているようだ。突然のことにエゼルは狼狽える。

「そんなに、細くは……」

「細いとも」

レオンは大きな手でエゼルの腕を摑み、その指がゆうに回ることを証明するように見せつけてくるが、それは今確かめることだろうか。

「陛下が、大きいのです」

「そうか？」

レオンの手は腕から指先のほうへ移動していた。

手のひらの大きさもまったく違うということを教えるように撫でられては、動揺しないではいられない。

しかしエゼルははっと気づく。

ここがどこで、何をしているのかを。

エゼルがさっと視線を巡らせると、広間の真ん中で突然始まったレオンとの睦み合いにいくつもの視線が向けられていた。だが目が合う前にすべて逸らされる。

顔が熱くなるのを止められなかった。

「エゼル？」

「――――っ」

どうした、となんでもない様子で問いかけてくるレオンが憎らしくなるのも仕方がないはずだ。

こんなところで異性と、しかも王と絡むなんて、また悪い噂が立つだろう。自分についいては今更なのだが、相手は違う。これでは王の評判を下げてしまう。

エゼルは動揺してしまった自分に呆れて、いつもの淑女としての余裕を必死に取り戻す。

「陛下、このようなところで不躾に女性に触れるなんて紳士の風上にも置けませんわ……礼儀は教わらなかったのかしら？」

突き放すようにしてレオンから離れようとしたのに、レオンの手はエゼルの予想に反して離れなかった。

「――陛下？」

「――俺は、そなたから、礼儀を教わりたいわけではない」

レオンの低い声に、一瞬何を言われたのかわからず目を瞬かせた。

レオンはそのままエゼルを抱き寄せて囁いた。

「今日の分の役目は果たしたと思う」

「……はい？」

いったいなんの話だ、とエゼルが首を傾げると、レオンはもっと声を潜めてエゼルの耳に囁いた。

「――もう退出してもいいと思わないか」

「――――ッ」

ぞく、とこんなふうに背筋が震えたのは、初めてだった。知らず頬が染まっていた。

「エゼル？」

もう一度問うように名前を呼ばれても、返事が出てこなかった。

まさかレオンの声にびっくりしてドキドキしているなどと、認めたくはない。

エゼルは冷静さを取り戻そうと必死に笑みをつくるが、レオンはエゼルの腰を抱き、周囲の貴族たちを一瞥して、「連れの体調が悪いようだ。今日は先に引き上げる」と、出口に向かって歩き始めた。

「——えっ」

な、なんで……どうして？

夜会の途中で出て行くことに驚いたのはエゼルだけではないはずだ。

いつの間にか、レオンの護衛でもあるニコラスも広間にいたけれど、出て行こうとするレオンを見て驚いた顔をしていた。

「皆はゆっくり楽しんでいってくれ」

などと言い残し、レオンはエゼルを半ば強引に連れ出して後宮へと向かった。

＊

「レオン様はどうされたんだ……!?」

突然のレオンの行動にニコラスも驚いていた。

宰相であるアーベルとその息子であるジョセフが今日の夜会にレオンを出席させると

言ってきたことにも驚いたけれど、本当に出席していてさらにびっくりして、あげくの果てには急に退出してしまい、言葉を失った。

今日の夜会は側近としてではなく、辺境伯の代理として出席していたために、去って行くレオンに付いて行けなかったが、本音は追いかけて連れ戻したかった。夜会に出てくれるなら紹介したい令嬢が何人かいたからだ。

仕方なく、入口の側にいたジョセフを捕まえて問いただしたものの、彼も、急な退出には同じように驚いていた。

「さぁ……彼女の体調が悪いようには見えなかったが。足取りはしっかりとしていたし」

「せっかく、うまく行きそうだったのに！　レオン様はできるお方なんだ。口先ばかりの貴族どもなどすぐに取り込んで――これから私の知人たちを紹介しようと……！」

「それはまだ早いのではないか？」

「どうしてですか！　あの女にはもう慣れたようですし、他の女性がこれからたくさん――」

「――ああ、なるほど」

自分の予定が狂った、とニコラスが憤っているのに、ジョセフは何かに気づいたように頷いている。

「なんです？」

「陛下が戻られた理由だよ――ロバルティ伯爵夫人と、ふたりきりになりたかったのではないかな」

「な……っ！」

ニコラスから見て、エゼル・ロバルティ伯爵夫人は毒婦である。

悪女などという評判は生ぬるいくらいだ。

社交界を我が物顔で闊歩《かっぽ》し、次々に男を替えていく。あんな女に騙される者がいるとは嘆かわしい、と思っていた。

けれど今のレオンには、それが都合が良いと思ったのだ。

他の者たちからも推薦されていたし、レオンが戯れに手をつけるのなら、あとくされのない女が最適だとわかっている。

何故かレオンは、昔から女性に対して奥手だった。潔癖と言ってもいいかもしれない。

辺境で生まれたとはいえ、この国の王族の血を継ぐ者。ニコラスと同じように騎士とともに育ったせいで華やかな王都に馴染むのは時間もかかったが、社交ができないわけではない。

むしろニコラスと同じように育ったのに、どうしてこれまで女性経験がなかったのかと不思議ではあった。

もちろん、下層の娼婦などレオンには相応しくない。辺境の騎士が遊ぶ娼館の類《たぐい》はお世辞にも綺麗な場所とは言えず、レオンを連れて行けるわけがなかった。ニコラスは先輩騎士に連れられて少しマシな店で女性を知ったが、高貴な血を継ぐレオンが自分と同じ場所では駄目だろう、と連れて行くことはなかった。

そしてレオンも自ら積極的に行きたいと言わず、そのうちに状況が悪化したのだ。

前王の時代、人々の暮らしは王都から離れれば離れるだけ苦しいものだった。辺境伯爵家も貧しい暮らしを余儀なくされたが、国境にいるお陰で隣国と商取引ができていたため、最悪な状況は免れていた。

他の領地など、さらに目を覆いたくなるような状況だったのだ。

絶えず華やかで賑わっていたのは王都の一角だけ。王宮と、王族に媚びへつらう者たちだけが潤う国に、誰が暮らしていたいと思うだろう。

しかし平民は、いや、貴族だって簡単に国を出ることはできない。

レオンは成長するにつれ、自分の父親や異母兄の振る舞いを知り、傾き続ける国の状況を見て、いつか自分が立ち上がらねば、と考えていたのはニコラスにもわかった。

ニコラスも、いつか自分が騎士となったときに膝をついて忠誠を誓うのは、無能な前王ではなく、兄とも慕うレオンだと思っていた。

周囲の賛同を得て、徐々に味方を増やし、とうとう反逆の狼煙《のろし》を上げたのは今から四年前のことだ。

いや、あれは反逆ではなかった――。

正道を取り戻すための、正しい行いだったとニコラスは今でも思っている。

見事、前王をはじめとする無能な者どもを処断してレオンが王座に就いたとき、ニコラスは夢が叶ったのだと感情を抑えられず泣いた。

これまでの腐敗した王族とは違い、レオンは国を立て直すために必死で働いた。ニコラスも精一杯手伝い、ようやく国は落ち着きを見せ始めてきたのだ。

だからこそレオンには、妻を娶り、後継者をつくってもらわなければならない。

王妃としてレオンの隣に並ぶのは、清らかで優しく、彼を癒やしてくれるような素晴らしい女性――そう、自分の妹のアネットのような女性が似合う。

間違っても、淫婦などと言われるはしたない女ではない。

レオンが女性に慣れるまでは仕方ないとニコラスも我慢したが、この夜会にエゼルをエスコートするのは反対だった。

彼女の社交界の人脈が必要だと宰相たちが言うので仕方なく了承したものの、やはり彼女はレオンの隣に似合わない。

偉丈夫なレオンの隣にいるというのに、真っ黒で陰湿なドレスを纏うエゼル。髪も目も黒く、肌だけが白い。そして色づいた唇がいやに目立ち、男の視線を誘っていた。

やはり淫婦――レオン様の隣には似合わない。

ニコラスが顔を顰めて改めてそう思ったところで、ジョセフの冷ややかな視線に気づいた。

「――何か？」

「君は、本当のロバルティ伯爵夫人を見ようとしていない」

「え？」

「彼女は社交性があり、気遣いのできる大人の女性だ。少なくとも、君が考えているような人物ではないよ。よく周囲の声を聞いてみなさい」

「な、何を……っ」

ジョセフもか、とニコラスは呆れを通り越して怒りを覚える。

尊敬する次期宰相候補だというのに。四十代のはずだが、それでもエゼルの毒牙にかかってしまったのだろうか。

いい歳をして、と情けなくもなってくる。

「ニコラス」

「――なんです？」

「ロバルティ侯爵夫人を、あの女、などと呼ばないように」

「そんな――」

どういう意味だ、とニコラスが訊き返す前に、ジョセフは背を向けていた。

何が言いたかったんだ、とニコラスは苛立ちを覚えたが、今日レオンに紹介する予定だった女性たちに説明しなくてはならない。

つい面倒だなと思ってしまったが無視もできないと、ニコラスは彼女らを探しに会場を彷徨《さまよ》い歩いた。

＊

「もう今日は、充分社交をしただろう」

レオンが本当にしたかったのは、社交ではなかった。

それでもエゼルが出ると言うからしぶしぶ夜会に出たのだ。挨拶はちゃんとしたし、義務は果たしたはずだ。

後宮の、エゼルに与えた部屋に戻るなりレオンがそう言うと、エゼルは驚いた顔をした。

「――まさか、それで戻ったのですか？」

エゼルは呆れたような表情になっていた。

「それ以外になんの理由がある？」

退出時間までいるとは決められていなかったのだから、問題はないはずだ。

レオンがそう言うと、エゼルは困ったように眉を下げ、その後両手で顔を覆ってしまった。

「エゼル？」

小さな声で、「まさか本当にこっちに夢中なの……」と言うのが聞こえたが、意味がよくわからなかった。

次にエゼルが顔を上げたときには、彼女の雰囲気は変わっていた。

「――陛下」

「な……、んだ」

この視線には覚えがある。

あの、最初のときに見た、レオンを従わせてしまう、微笑んでいるのにこちらを見透かしているような、落ち着かない気持ちにさせる目だ。

エゼルは腕を組み、右手を上げて人差し指を唇の側に立てた。

「我慢が、できなくなったのですか？」

「……っ」

ごくり、と知らず何かを呑み込んでいた。

彼女の指の側にある唇から目が離せない。

「そんなに、続きをなさりたいんですか……手ほどきの？」

無意識に、手が伸びていた。

彼女の肩を摑もうとしたが、届く前に止められた。エゼルの両手は、いつの間にかレオンの手を握っていた。

ぴくり、と身じろぎをしてしまうのは、細く小さな指がさわさわと動くからだ。

「大きな手ですね、陛下……でも、こんな大きな手で摑まれたら、女性はすぐに壊れてしまいますから……順番に、いたしましょう」

エゼルはそう言ってレオンの手を放し、部屋の各所に置いてあった燭台の火を消していく。

「……何故？」

「あまり明るいと……恥ずかしいでしょう？」

エゼルは寝台から少し離れた場所にある燭台の火をふたつだけ残し、戻って来てレオンに背を向けた。

「どうして……」

「恥ずかしいから、背を向けたのです」

そう言ってエゼルは首の後ろに手を回した。留め具を外したのか、しゅる、と衣擦れの音がして、黒いドレスがはだけ、白い肩が露わになる。

袖から手を抜いてしまってから、エゼルは慣れた手つきでまた背中に手を回し、コルセットの紐に指をかける。

器用なものだ、と感心しながらも、レオンは徐々に露わになる肌に視線が釘付けになっていた。

あっという間にコルセットを取り去り、肩ひもがずれた下着――シュミーズと言うらしいが、それだけになったエゼルは、まだ下半身にドレスが残っていて、その不自然さがレオンの心臓を煩《うるさ》くさせる。

「陛下――」

エゼルは振り向こうとしたが、自分の胸元を見下ろし、何を思ったのかまた背中を向けた。

「エゼル？」

「……正面からは、恥ずかしいでしょうから……後ろから」

「……そ、そう、か」

誘われている、とレオンは感じた。

戸惑いながらも一歩を踏み出すが、レオンの広い歩幅では二歩でエゼルの背中にたどり着く。迷わず手を伸ばして、指の背で触れたのは彼女のうなじだった。

「……っ!?」

びくり、とエゼルの肩が揺れたのに驚いて、レオンも手を離す。

「ど、どうした？」

「びっくり、して……えっと、どうしてそこに？」

肩越しに少し振り返ったエゼルがまるで恥じらっているように見えて、レオンは自分の呼吸が止まるのではないかと思いながらも正直に答えた。

「白くて……綺麗だと思ったから」

「…………そう、ですか」

彼女の沈黙は長かったけれど、レオンの手を取り導いたのは、首筋でも白い肩でもなかった。

「あの……まずは、男性にはない場所から、触れるのがよろしいかと……」

背後からではエゼルの表情は見えないものの、身長差があるので覗き込むだけで彼女の胸元がよく見える。

エゼルの細い手が、レオンの大きな手を胸に近づけて押し当てた。

「ん……っ」

柔らかかった。

女性の身体とは、こんなにも柔らかいものなのか、と改めて思い知るほど柔らかかった。

無意識に手が開いて、薄い下着の上からエゼルの乳房をぎゅっと摑んでいた。

「ん、ん……っへ、いか、優しく……っ」

「わ、悪い」

エゼルの弾むような吐息と掠《かす》れた声に、すでにどうにかなりそうだったが、細くて柔らかなエゼルはレオンが本気で力を込めたら壊れてしまいそうでなんとか我慢する。

意識が下半身に集中してしまいそうだが、敵と対峙したときよりも真剣に手に集中した。

優しく、とは……どれくらいだ？

レオンは不安に思いながらも、先ほどとは違い、乳房を包み込むように手を丸めてみた。

そこから指に力を入れるのではなく、手のひらで押す様に触れてみる。

「ん……っふ、」

エゼルの呼吸が乱れていることが何故か嬉しくて、レオンはそのまま上下に揺する。

「……っん」

エゼルの顔が俯《うつむ》き、白く細いうなじがレオンの眼下に晒《さら》された。そして、手のひらの中で、小さく硬いものがレオンを刺激し始める。

これは、と気づき、レオンはもう片方の手も前に伸ばしていた。

乳房はふたつあり、レオンの手もふたつある。ならば使わなければ公平ではないだろう。

「ぁ……っん」

俯いたままのエゼルが、自分の声を抑えるように自分の指で口を覆ったのが見えた。

エゼルの胸は、どこまでも柔らかかった。

手のひらだけではなく、レオンは少しずつ指にも力を込めて、乳房を揉《も》みしだく。エゼルが止めないとわかると、その動きも徐々に大胆になって、大きく撫で回していた。

「ん、ん、ん……っ」

「……エゼル？　こう、か？」

「あ……っそ、その……、自分、の、手と、ちが……っん」

「…………？」

どういう意味だ？　とレオンは一瞬思考が止まったものの、エゼルの手とレオンの手は確かに違う。

彼女の手よりもずいぶん大きいレオンの手は、すっぽりと乳房を包み込めている。

ちょうど、いい。

レオンはそう気づいてますます大胆に揉みしだいていた。レオンの手を刺激する小さな突起は、彼女の乳首だとわかっている。それが気になり、無視できなくなり、つい指で摘まむようにして触れた。

「ぁんっ！」

「……!!」

はっきりとした嬌声《きょうせい》に、レオンの身体が思わずびくりと跳ねる。

俯いた彼女のうなじが、少ない燭台の明かりの中でもうっすらと赤く染まっているのがわかる。レオンの顔はそこに吸い込まれるように近づいて、とうとう、先ほど指で触れた場所に鼻を押し当てていた。

「ひぁ……っ!?　へ、陛下？」

「……どうしてか、ここが、すごく、いい匂いがするんだが」

すんすん、とまるで犬のようだと自分で思いながらも、レオンを誘う香りがここから出ているようで気になって仕方がない。

「あ、あ、そ、んな……っ」

乱れたエゼルの声を聞いて、レオンはそこにむしゃぶりつきたくなった。そしてレオンはその欲求を止める術を持っていなかった。

じゅく、と吸ったのは、彼女の匂いか自分の唾液かはわからないが、舐《な》めれば舐めるだけそこから甘い匂いが漂ってくる気がした。

「ん、んぅ……っ」

エゼルが自分よりも本当に小さいことに改めて気づく。

だが、その小さな身体をもっと強く抱きしめたいと思った。

「……っあ！」

それまで、右手は右胸、左手は左胸、と決められたように揉んでいたのだが、もっと腕に閉じ込めたくて、エゼルの前で腕を交差するように回し、摑んでいた乳房を交代させた。

屈みこむような体勢になったが、エゼルを自分の中に閉じ込めたような気になって、とても気分が良かった。

「あ、あっ、あの……っ」

「……こうしたほうが、具合が良かったんだが……違ったか？」

戸惑った様子のエゼルの声に、間違えたか、と一瞬動きを止めたものの、エゼルも動きを止めた後で、小さく首を横に振った。

「ち、違うわけでは……少し驚いてしまって」

「悪い……優しく、だったな……女の身体は、予想以上に柔いようだ」

「で、す……っ」

手を替えても、乳房の柔らかさは変わらなかった。

柔らかい胸の上で、乳首だけがつんと尖っているのが下着を押し上げているのでよくわかる。指の先でくるり、と回すように突《つつ》いてみると、それはレオンの思うままに動いた。

「ん……っん、そ、こは……っ」

「……だ、駄目なのか？」

触っては駄目な場所があったのか、と残念に思っていると、エゼルは少し間を空けて答えた。

「……だ、だめでは、ないですが……敏感なので、強くされると……こ」

困ります、と小さな声が確かに聞こえて、レオンは堪らず首筋にしゃぶりついた。

「んん……っ！」

びちゃり、と濡れているのは、やはり自分の唾液かもしれない。

うなじから首筋、肩のほうまで舐めてしまっているからだ。腕の中にぎゅうぎゅうに抱きしめて、柔らかな胸を揉みしだいて甘さを確かめる。

これはなんと甘美な行為か。レオンはこれまで知らなかった自分を罵りたかった。

いったい何を恥じらっていたのか。

獲物を狙うような目つきでしなだれかかってくる女体を気持ち悪いと避けていたが、その先にはこんなに陶酔《とうすい》するような時間が待っていたのだ。

しかし、これまで出会ったどの女性にも、今のように期待したり心臓が煩くなったり、甘い匂いがしたことはない。

誘われても、それに引き寄せられたことがないのだ。

それがどういうことなのか、考えようとしたもののレオンの思考は霞《かすみ》がかかったようになっていた。腕の中にある柔らかなものに夢中だった。意識は本格的に下肢に集中して、頭でものを考えられなくなってきていた。

レオンがもっとこれを感じたい、と前のめりになると、その重さに押されたのかエゼルがよろけた。エゼルよりはるかに大きい自分の身体がのしかかったら動けなくなるのはわかっていたが、止めることができなかった。

そのまま彼女の身体ごと前に進むと、すぐに寝台にたどり着く。

ここに倒れ込んでもいいだろうか、とレオンが視線を向けたところで、「陛下！」というはっきりしたエゼルの声にびくりと身体が硬直した。

「な……」

「陛下、一度、離れてください」

「え……っ」

何故か突然冷静になったエゼルの声に、レオンは何が起こったのかわからず彼女を抱きしめていた手を緩める。

その隙に、エゼルは腕の中からするりと抜け出していた。

「陛下……一度落ち着きましょう。暴走しては、大変なことになりますから」

「た、大変……？」

エゼルは振り向きながら、ふらりとよろけるように寝台に腰を下ろした。

そしてエゼルを抱きしめていた格好のまま固まっているレオンを見上げる。

「ええ、陛下はもういっぱいいっぱいなようで……陛下の」

エゼルは一度視線を下げ、「陛下様が」と妙な言葉を告げた。しばらくして、何を指したのかがわかってかっとなる。

「これに敬称などつけるな！」

「……では、小陛下？」

「小さいわけでもない！」

なんてことを言うのだ、とレオンは反論するが、エゼルはまるで癇癪を起こした子供を見るような目でレオンを見ていた。

「ええと、とにかく……昨日のように、陛下の……は、早過ぎてはまた大変なことになるかと思います」

澄ました顔で言っているが、内容はレオンを侮辱するひどいものだ。

「は、早いわけではない！」

早いも遅いも、男を侮辱する言葉でしかないはずだ。

レオンは聞き捨てならないと怒りを見せるが、しかし正直なところ熱を孕《はら》んだレオンの一部はエゼルの言うとおりにすぐに爆発しそうだった。だがそれもこれも、柔らか過ぎて甘い匂いのするエゼルが悪いのだ。

「これで終わりではありませんし、まだ先はありますので……もう少し我慢できます？」

「でっ、できるに決まっているだろう！」

出来の悪い子供に言い聞かせるようなエゼルに腹が立って仕方がない。

だから子供の様に言い返してしまう。

それの何が面白かったのか、エゼルが笑った。

屈託のない笑顔が、レオンの心臓を貫いた。

どん、と何かがぶつかったようだったのに、胸を確かめてみても何も当たっていない。

「……？」

なんだ、と思っているうちに、エゼルは背中に手を回し、ドレスのスカート部分を緩めていた。彼女の足はすぐにドレスから引き抜かれ、下肢が目に入る。シュミーズの裾がまだ足を隠していたけれど、分厚いドレスの生地より頼りないもので、隠せばいいのか抱きしめたいのかレオンの感情は大いに揺さぶられた。

「陛下？」

「……あ、いや……その、器用に脱ぐものだ、と」

それは本心ではあった。背中に手を回して器用にボタンを緩めて服を脱げるエゼルに感心していた。エゼルはその言葉に目を細めて笑った。

「自分で脱げないと、困りますから」

「見えないのに」

「……男性の衣装は、ほとんど前開きですものね……陛下は、暑くありませんか？」

エゼルに視線で服を指摘されて、レオンはふたりの違いに気づいた。

もう下着だけの状態になっているエゼルに対し、レオンは正装のままだ。これからすることを考えるとこのままではおかしいと、レオンも自分の服に手をかけた。

とりあえずジャケットを脱ぎ捨てベストを取り、ドレスシャツを引きちぎる勢いで剝ぎ取った。

「……っ！」

エゼルから、驚いたような息を呑むような声が聞こえたので目を向けると、彼女は視線を合わせないように俯いていた。

「……なんだ？」

「……いえ、勢いよく脱がれるから……恥ずかしくないのかしら、と」

どの口がそれを言うのだ。先に下着姿になったのはエゼルだろうに。

だが、そこでふとレオンは自分の身体を見下ろし、上半身裸でトラウザーズだけの姿はおかしくもあると気づく。

男なのだから、上半身くらいどれだけ晒そうとも問題はない。ただ、下衣を脱がないでいたのは、何かで覆っていないとまずいような気がしたからだ。少しでも触れられると、どうにかなりそうな気がする。それこそ昨夜のように彼女の足が――と思ったところで、また熱くなってきた自分をどうにかしようと意識を他に向ける。

「……そなたは、男の身体など見慣れているだろうに」

これほどレオンを戸惑わせ、翻弄するのだ。

ニコラスの、手練手管に長けた女という言葉は確かなようだった。そもそも、だからこそここにいるわけなのだが、何故だかそれがとても気に入らない。

レオンは自分が不機嫌になっているのがわかったが、とりつくろうことができなかった。

「そう……です、ね。いくつか、見てきましたけれど」

エゼルの言葉に、さらに機嫌は急降下した。

いったい、どれほどの男を手玉に取ってきたというのか！

レオンの据わった目は、細いくせに柔らかく丸みのあるエゼルの身体を舐めるように見つめていた。

この身体を、いったいどれだけの男が目にし、触れてきたのか。

そのことがどうしても、レオンを苛立たせていた。

# 3章

異性の身体を見たのは、図鑑ですけど。

そう言ったらレオンはどういう反応をするだろう、とエゼルは考えていた。

背中から抱きしめられているときから心臓が壊れそうなほどに高鳴っていた。一度気持ちを落ち着かせるために離れたが、初めて見る男性の身体を直視できずに俯いたままだった。力で敵わないのはわかっている。

抱きしめられるとまったく逃げられなかった。けれど、素直にエゼルの言うことを聞くレオンからは、どうしてか逃げたいとも思わなかった。

指南書や淫らな本のとおり、胸から触ってもらおうと思ったものの、エゼルは自分の身体を見下ろして、レオンと向かい合って触ってもらうことが急に恥ずかしくなった。背中から、と言ったのは苦肉の策だった。

それが良かったのか悪かったのか、レオンには問題がなかったから良かったのだろうが、自分の手との違いが想像以上で動揺していた。

胸に触れるくらいは自分でもなんとも思わないことだから平気だと思っていた。

他人の手がこんなに刺激的だなんて、本を読んだだけではわからなかった。

エゼルの動揺をよそに、レオンは、教えていないのにどんどん先に進んでしまう。どうやら予想より興味津々のようだ。

これではすぐにエゼルに経験がないことがバレてしまう。

慌てて離れ、次はどうしようと必死で頭を回転させた。

順番でいくと、胸の次は下である。もちろん足ではない。クインやザックに与えられた本の中には、男性の中には特殊な性嗜好を持つ者がいて、女性の腕だとか足だとか胸やお尻、という身体の一部に異様に執着する場合があるという。

何度も吸い付かれた首筋が少しひりひりとして、エゼルはもしかして、と考えた。

陛下はうなじがお好き……？

何が楽しいのかエゼルにはわからないが、レオンは執拗《しつよう》にエゼルの首周りを舐め、吸い付いていた。恥ずかしい音を惜《お》しげもなく立てていたほどだ。そうされると、理由もわからないのにエゼルも落ち着かなくなるから困った。

いやいやそんなことよりも、とエゼルは次のことを考える。

「陛下、つ、次、は——っ!?」

シュミーズの裾から手を入れられるほうがいいか、と思ったところで、突然、身体が寝台に押し付けられた。

目を見開いた先にいるのは、当然レオンだ。

エゼルを押し倒すようにのしかかっていて、その視線がとても鋭い。

「……ど、どう……？」

「何人だ？」

「はい？」

「この身体を、他の男の身体を、何人見てきた？」

「……えっ？」

エゼルは顔の横に腕をつかれて身動きが取れず、目の前の怒りに満ちたレオンの顔を見つめるしかなかった。

いったい何を言い出したのかとエゼルは理解が追いつかない。

正直に言えば、エゼルはレオンが初めてに決まっている。だから初めて見た男性の身体に驚いたのだ。だがそれを言ってしまうと、これまで積み上げてきたエゼルの評判が変わってしまう。

それはそれで困る。

エゼルは、悪女と罵られようとも淫婦と蔑まれようとも、その評判を改めるつもりはなかったのだから。

「……陛下？」

どう答えたらいいかわからないまますぐ目の前にあるレオンの顔を見つめていると、彼の表情が次第に変わっていくのがわかった。怒りに眉根を寄せていたのが、ふいに違うものに夢中になったかのようにエゼルの黒い瞳を見下ろしている。

「へい、」

呼びかけの途中で、自分とは違う長くて太い指が顔に這《は》わされ、その親指がエゼルの唇に触れた。

エゼルが止める間もなく、レオンの唇がそこに落ちた。

触れるだけの口づけだった。

レオンはその柔らかさに驚いたように唇を離したけれど、もう一度確かめるように塞いだ。その柔さが気に入ったように何度もそれを繰り返され、エゼルはその間息を止めてしまっていることに気づかなかった。

「……エゼル？」

それに気づいたレオンが一度顔を上げると、エゼルは思い出したように息を吐き出す。はぁ、と呼吸を落ち着けようとしている途中で、開いた唇をまた覆われる。

「……っ」

呼吸を奪われるような口づけに目を瞠ったが、レオンはエゼルの唇に夢中のようで、上下の唇を別々に食み、うなじを舐めていたときと同じように舌を伸ばし、味を確かめているようだった。伸びてきた舌はエゼルの口腔に迷わず潜り込み、躊躇わず歯列までなぞる。

「――ん、ぁっ」

思わず漏れた声が合図だったかのように、レオンがエゼルの口を完全に塞いで、エゼルの舌を自らのそれで弄《いじ》った。

くちゅくちゅと水音を立てられて恥ずかしい。自分の唾液なのかレオンのものが混ざっているのかはわからないが、それを考えるだけで頭が沸騰《ふっとう》しておかしくなりそうになる。

エゼルは必死にレオンの肩を叩いた。弱々しいものだったけれど、レオンの動きを止めるには充分だったようだ。

「は、ぁ……」

レオンのほうも呼吸が荒く、離れた口から唾液の糸が伸びているのを指で拭《ぬぐ》っている。エゼルはそんなことを気にする余裕もないくらい、胸を大きく上下させるようにして息をして、思わず涙目になった目でレオンを睨《ね》めつけた。

「く……苦しい、ですから……少し、ずらして、くださらない、と……っ」

後で、鼻でも息はできたのだったと気づいたものの、唇を奪われた状態でそうするのはエゼルにはまだ難しい。

レオンは唇に夢中になっていたときとはまた違う表情で笑った。

「……それは悪かった。慣れていないものでな。それで、次はどこをどうするんだ？」

「…………」

レオンはまだ怒気を放ったままだ。しかしどうして怒っているのかわからず、エゼルは疑問を感じながら、自分の身体を見下ろした。

シュミーズを押し上げる胸がある。けれどここはもう充分揉まれたと思う。

この先のことを思うと知らず息を詰めていた。

「次は……その、ここ、に、手を……」

どうしても、すべてを晒すことはできなかった。

エゼルはシュミーズの裾を摑んでゆっくり上に引き上げる。膝から上が少し覗いただけで、自分の心臓が跳ねたようになった。

レオンの視線が、胸から徐々に下がっていき、薄い絹の靴下を穿いた脚に移動した。その後彼は、エゼルの身体の横に片肘をついたまま、右手を丸い膝に乗せ、ぴくり、と動いたエゼルの足に構うことなく、下着の裾から手を忍ばせ、脚を弄っていった。

「ん……っ」

脚を、肌を直接撫でられる感覚は、あまりに刺激的でエゼルは自分を見下ろすレオンを見ていられなくなり肩を竦めて顔を背けた。しかし身体はすべてを感じ取ってしまっている。

レオンの大きな手が、ただ撫でるだけではなく、胸のときと同じように太腿の柔らかさを確かめるように揉んでいるのがはっきりとわかる。

あ、と思ったときには、靴下を止めている腰ひもに手が触れていた。

「……なんだ？」

レオンはそれがなんなのかわからなかったのか、上体を少し起こして裾を捲り上げようとする。だがその中は下着姿なのだ。エゼルは慌てて裾を押さえた。

「く、靴下止めです！　紐で、止めないと落ちてしまうから……っ」

「紐？」

「引っ張ればほどけますし、見なくても――」

「生憎《あいにく》、俺は見ないでできるほど器用ではない」

「――ほ、ほどかなくてもできますからっ！」

どうしても見ようとするレオンに、エゼルは思わず口走っていた。

ぴたりと動きを止めたので諦《あきら》めてくれたのかとほっとしたものの、ちらりと彼を見ると、何故かその瞳が剣呑なものを孕んでいてひゅっと息を呑む。

「――ほぅ、できるのか？」

「……え、ええと、たぶ……ん、脱げます、し」

たどたどしく答えながらも、なんでこんなことを律儀に答えているのだろうと恥ずかしくて仕方がない。

きっと耳まで赤くなっているはずだ。

それに気づかないレオンではない。

「恥じらっているのか？」

「……………」

「これくらいで？　そなたにとっては慣れたことだろうに」

「…………っ」

ここで、初めてです、と叫んだらどれだけすっきりするだろう。だがそれはそれで羞恥のあまり逃げ出したくなるような気もする。

本当は、逃げ出したい気持ちはすでにある。しかしエゼルをエゼルたらしめている矜持が、それはできないと思い留まらせていた。

レオンはどこか冷ややかなものを含んだ視線をエゼルに向けている。

まるで、軽蔑しているようだった。

どうしてそんな目をされなければならないのか。

手ほどきが必要だと言ったのはレオンたちで、こんな状況にしているのは彼らの都合だ。エゼルから申し出たわけでもないのに。

エゼルは苛立ちを抑えられず、子供のようにぷい、と顔を背けた。悔しさと悲しさがないまぜになり、拗《す》ねてしまったが故の行動だった。

「――陛下とは、初めてですから」

「――なるほど？」

レオンはエゼルの言葉に一応納得したのか、また手を動かし始めた。

「では、初めてだから、じっくり確かめさせてもらおう……ここが、どうなっているのか」

レオンの手は迷わずエゼルの脚の間にたどり着き、下着に覆われた秘部を指先でつ、と撫でた。

身体がびくりと跳ねたのと同時に、脚も勝手にレオンの手を挟むように擦り合わさって、

「あ……っ!」と声が漏れてしまう。

「ここも、柔らかいのだな」

「ん、ん……っ」

割れ目をなぞるように指が上下し、中へ進もうと薄い布地を押し付けてくる。

他人の手でそこに触れられることがこんなにも身体をおかしくさせるなんて、エゼルは初めて知った。

どれだけ本で読もうとも、クインに詳しく教えられようとも、知識があったとしても、いざ実践となると、覚えていたことなどすべて吹き飛び、彼の一挙手一投足に意識が集中してしまう。

レオンの指が襞を割って中心に押し当てられたときには、のけ反るように反応してしまった。

「……やはり、見なければわからない気がする」

「や……、だ、め、です……っみちゃ」

ふるふると、力なく首を振ると、レオンは不満そうな顔を見せる。

「ここに挿《い》れるんだろう。それくらい俺にだってわかる。が、見ないと穴がどこにあるかわからない」

「…………っ」

そんなこと、エゼルにだってわかるはずがない。

これまでで一番の羞恥に、顔を真っ赤にして訴えた。

「て……っ手、で、探してくだされば……っ！」

抑えきれない感情が涙になって、目が潤《うる》んでいたかもしれない。

けれどそれすら些細なことだと思うくらいに、エゼルの身体と気持ちはいっぱいいっぱいだった。

その顔をじっと見つめるレオンは、やはり不満そうではあったけれど、手を動かすことにしたようだ。

「わかった。手で探ってやろう」

「え……っあ！」

はっきりと言われたときには、レオンの手はすでに小さな下着をずらして直接エゼルの中心に触れていた。大きな手が秘所のすべてを覆うように撫でていく。

「あ……っん」

自ら手で探れ、と言っておきながら、布一枚あるとなしとでは、感触が全然違う。

レオンは不慣れであるせいか、エゼルのすべてを探って確かめようとしているらしく、薄い陰毛を掻き分けながら後ろのほうまで弄っている。秘所は割れているのだから、膣口はその奥だと気づくはずなのに、まずはすべてに触れないと気が済まないとでもいうように腰ひもで結ばれたままの靴下の中にまで指を潜らせてくる。エゼルは、身体の一番深いところがぎゅうっと収縮したように感じた。

そのうちに、レオンの指は割れた襞に入り込み、ぬるりと濡れたものに触れる。

「ん、あ、あ、あっ」

そのぬめりを探るように何度もそこを撫でた後、指先が深くまで入る場所に潜り込んでいった。

秘所の膨らみを大きな手で覆いつつ、指を一本だけ奥へ入れている。

「……狭い気がする。ここで合っているのか？」

「ン……ッ」

問われても、エゼルにはもう答える余裕がなかった。

レオンはその反応を見て、他も探るべきだと思ったのだろう。割れ目の先あたりに小さく膨らんだものを見つけたようだった。

硬くなったそれは、先ほど弄っていた乳首と同じだと考えたのか、レオンは指で捏ね始める。すると、エゼルの身体が発火したように熱くなり、腰が跳ねるように蠢《うごめ》いた。

「んあぁっ！」

堪らず叫んでしまったことで、敏感な場所であるとレオンもわかってしまったようだ。

「……これか？」

「あ、あ、あっや、あぁっ」

強弱をつけてそこを弄るレオンの指は、もはや素人などとは思えなかった。

問われても、エゼルにはもう何も考えられなかった。

お願いだからやめてほしいと思わずレオンに手を伸ばすが、抵抗するには力が足りない。

「や、あ、やぁ、や……っん！」

「嫌だ、と言っているのか？　だがここを弄ると……溢れてくるんだが。濡れないと駄目なんだろう？」

「んんー……っ」

陰核を刺激しながら零れてくる滴《しずく》を掻き出すように指を動かされ、エゼルは込み上げてくる何かを必死で耐えていた。

「へ、陛下、陛下ぁ……っ」

どうしよう、こんなはずではなかった。

エゼルはすべてを止めたかった。けれど自分で止めようにも止まらず、ただ気持ちを込めて相手の名を呼ぶしかない。

だがレオンはエゼルを見下ろしながら、「このまま、続けたらいいのか？」などと勝手なことを言って止める気配はない。

そうじゃない、と首を振っても、レオンの思考は違う場所に飛んでいるようで、指は秘所を思うまま弄っているのに、その目は胸の上で揺れるものに夢中になっている。

「……もっと、刺激を与えたら、どうなる？」

やめて、と言う前に、レオンはシュミーズを押し上げている胸の先を口に含んでいた。

「ああぁんっ！」

かぷり、とそこに軽く歯を立てられて、エゼルの我慢は限界を超えた。

びくん、と腰が揺れ、四肢もびくびくと震えて膣口からじわりと何かが漏れた気がした。

「あ、ぅ……」

レオンは、それを確かめるように手を止める。視線もそこに注がれていた。

激しい呼吸を繰り返すエゼルは、いつの間にか零れていた涙を拭う余裕すらないまま、回り始めた頭で今の状況を理解した。顔どころか首まで真っ赤になってレオンから離れるように身体を転がし、顔も両手で覆う。

「――――っもう、もぉ……っやぁって、いやって言ったのに！」

「………今のは」

「いやって言ったのに！」

「ええと……そうか、悪い」

まったく悪びれないレオンの声に、エゼルは腹が立って思わず顔を上げて睨み付けた。

キッと視線を合わせたところで、自分の痴態を思い出し、恥ずかしさのあまり黙ったまま視線を外す。

「……その、今のが、いく、ということか？」

「……ッ！　っ!!」

知らないくせに、どうしてそんな言葉を知っているの、とエゼルは彼を詰《なじ》りたくなった。

レオンに完全に背を向けて寝台の敷布に顔を埋めて身悶えていると、レオンはエゼルの声にならない質問を理解した様子でしれっと答える。

「……さすがに、どういうふうにするかも、どんなふうになるかも、そのくらいは知っている」

ああそうですか、とエゼルはすべてを投げ出してしまいたい気持ちでいっぱいだった。

また、昨夜のように動揺した可愛いレオンが見られる、というくらいにしか考えていなかったけれど、自分の身体を使うということがどういうことか、ようやく思い至って後悔しかなかった。

もう無理。

これ以上無理。

やっぱりだめ……。

そう思って寝台に深く沈み込もうとしていると、レオンの声が聞こえてきた。

「その……続きは？」

「…………」

今日の彼は、まだ爆発していない。

レオンは我慢しているはずだった。

いっそ子供のように駄々を捏ねたかったけれど、エゼルは子供ではない。

一度決めたことは最後まで貫き通す。やると決めたことはやる。

それはクインに教わった、大事な家訓でもあった。

エゼルは何度か深呼吸をして、それから身体を起こす。

「……続きを」

上体を起こしたエゼルに、レオンは期待したような表情で向かい合って座った。そしてエゼルがシュミーズの下で下着をずらして足から取り去ると、彼は立てた膝の間に身体を進める。

それからおもむろに、トラウザーズの前を押し上げていたものを取り出した。

「……っ！」

今直視してしまったものは見間違いだろうか、とエゼルは狼狽えて瞬時に顔を逸らした。

「……大丈夫か？」

大丈夫ではない。と思いながらも、エゼルはシュミーズの裾を引っ張り、できるだけ秘所を隠しながら、寝台に転がって仰向けになる。

そこでぼそりと呟いた。

「でも、馬……馬には乗ったから、大丈夫……」

「……？　馬？」

その呟きを拾ったレオンは、大丈夫、と頷き返すエゼルを見て、怪訝そうに眉を寄せていた。

「……さすがに、馬ほどの大きさはない」

レオンの呟きに、エゼルは思わず首をもたげてそちらを見てしまう。

「小陛下……」

「だからそれはやめろ！」

すぐさま返され、どちらからともなく顔を見合わせる。何故だかお互い、笑いを堪えられなかった。

ひとしきり笑うと、エゼルから変な力が抜けて、本当に大丈夫なような気がしてきた。それでも「ゆっくり……」とレオンの自制を促す。

レオンはシュミーズで隠された秘所に自分のものをどうにか宛がって、エゼルの言葉にしっかり頷きながら進めた。

「ここ……か？」

柔らかなエゼルの秘所は、想像より丸いレオンの性器を受け入れていた。

襞を割り、ぬめりに沿って中に入ろうとする塊《かたまり》に、エゼルはやっぱり無理かも！　と息を詰める。

「……おい？」

「……んっ」

力を抜かなければ、とエゼルは頭ではきちんとそう考えて、必死で脚の力を抜こうとする。しかしつま先は力が入って丸まったままだ。

レオンが腰を摑んでエゼルの動きを止めたのは、エゼルが無意識に逃げようとしていたからだろう。

「大丈夫なのか？」

「…………」

まったく大丈夫ではなかった。

ないけれど、進まなければ終わらないのも理解している。

エゼルはぎゅうっと閉じていた目を開き、レオンを見上げ、手を伸ばしてその肩に触れた。そのまま抱きつくように逞しい身体を引き寄せて、これにしがみついていれば問題ない、と思考を切り替える。

レオンはエゼルのその動きに息を呑み、身体を一度硬直させたが、エゼルの腰を掴む手にまた力を入れて、ぐっとそのまま自身の腰を進める。

「……っう、せま、い、ぞ」

「ん、ん……っうぅ……っぃ!!」

ぐぅっ、と凶悪な塊を押し込められて、エゼルは奥歯を噛みしめた。

痛い、と全身が叫んでいる気がする。

狭いのに、痛いのに、レオンはぐいぐいと楔を押し付けてくる。

もう無理！　とエゼルはとうとう限界を超えて叫んだ。

「いやぁ……っもう痛い！　抜いて！」

「……っおま、え……！　無茶を言うな！」

痛みに思考が支配されて、エゼルは抱き寄せていたレオンの身体をぽかぽかと叩き、深

く考えることなく罵っていた。

「痛いの！　もうやぁ……っ動かないで！　陛下のへたくそ！」

「――――っ」

その瞬間、レオンが爆ぜた。

膣の入口に、何かがほとばしり、レオンはそのまま沈黙した。

「…………」

「…………」

エゼルも何も言えなかった。

ふたりともしばらく動きを止めて固まっていたが、ふとレオンがずるりと自身を引き抜いた。その痛みにエゼルはまた涙が零れた。

痛い……もう無理。

涙を堪えきれなかったエゼルは、顔を覆い、子供のように丸まった。

＊

エゼルが目を覚ましたのは、翌朝だった。

いつの間に夜が明けたのか。そもそも、いつ眠ったのか思い出せない。

さらに自分の姿を見て、夜着姿であることに頭を抱えたくなる。

いつ、誰が、着替えさせたのかも記憶にないのだ。額を押さえながら寝台から下りると、身体が軋《きし》むように感じた。

「……？」

一瞬、どうしてだろうと考えたものの、昨夜のことが原因に決まっている。

ふと、敷布も綺麗になっているのに気づく。レオンが交換するはずがないから、メイドが換えてくれたのだろう。そのことにもため息が漏れる。

状況を把握できていないことが、エゼルにとっては一番怖く、不安でしかない。

そもそも——あの状況、絶対バレたんじゃ……？

自分が噂されているような悪女でも、男を手玉に取っている淫婦でもないということが、だ。

どれだけ知識を持って言葉や態度で騙そうとも、身体を繋げてしまえばエゼルが初めてだということはバレてしまう。

乗馬していたら……大丈夫だって書いてあったのに。

エゼルはたくさん読んだ本の中に、乗馬をするとその振動と衝撃で処女膜が破れる、という一節を見つけていた。ならば、とエゼルは思い立って馬に乗ったことがある。

しかし本の中の話は所詮本の中のことでしかなかったのだ。

実際は、あんなに痛いなんて……想定外だわ！

青くなっていたエゼルの顔が、次の瞬間には赤くなった。

つい、レオンの裸体を思い出し、それに縋《すが》りついてしまったことや、そこに至るまでのあれやこれやも思い出し、最後には子供のように泣き出してしまったことも思い出してしまったからだ。

呆れる！　自分に！

ここが自分の屋敷なら、心の底から叫んでしまいたいのだが、まだここは後宮の一室で、隣の部屋にはメイドが控えているはずだ。

いつまでも寝台に座っていても仕方がないと、エゼルは昨日と同じように、寝台の脇の小机に置かれてあるベルを手にして、リ、リン、と鳴らした。

「――お目覚めでしょうか、伯爵夫人」

昨日と同じメイドの声に、エゼルはできるだけ平静を保ち、毅然《きぜん》とした態度に見えるようソファまで歩いた。

「ええ……またお水をいただけるかしら」

「はい、すぐに」

メイドは、すでに用意してあったのか本当にすぐに水差しとコップを持ってきてくれた。

丁寧に注がれた水は冷たくてのどに染みわたり、とても心地良かった。

ごくごく、と一息に飲んでしまってから、エゼルは息を吐き、メイドに訊ねる。

「今は何時かしら？　陛下は……」

なんだか昨日も同じような問いかけをした気がする。もしかして同じ時間を繰り返しているのでは、と怖くなり内心眩暈《めまい》を覚えていた。

メイドは何かを確認することなく、「先ほど正午を回ったところでございます。陛下はすでに執務に向かわれました」とすらすら答える。

いったい自分はどれだけ寝ていたのか。のんびりしていられるエゼルと、この国の王であるレオンは違うのだと、自分の浅はかさにさらに呆れる。

あんなことがあった翌日だというのに、きちんと政務をこなす真面目なレオンは尊敬されるべき人で、罵るなんてやはり間違っている。

しかも昨夜、自分は最後に何を言ったか。

しっかり記憶に残っているエゼルには後悔しかない。

本当に頭も痛くなってきた、と額に手を当てつつ、メイドに頼み事をする。

「――着替えを用意してもらえる？　一番楽なものがいいわ」

「かしこまりました――……昼食はいかがいたしましょう？」

「食事はいいわ。着替えたら、屋敷に戻るから」

「――ですが」

「陛下には私から伝えておいたから。馬車の用意を頼めるかしら」

メイドは一瞬躊躇ったものの、「かしこまりました」と頭を下げてくれた。

もちろんレオンには言っていない。エゼルはずるい方法を採《と》っているのだろう。

自分が大人げないことをしようとしているのはわかっている。

自覚はあるが、それでもどうしても、一度自分の安心できる場所に戻ってリセットしたかった。

この先どうなるのか。

レオンがエゼルの秘密を吹聴《ふいちょう》すれば、これまで築いてきたエゼルの立場は良くも悪くも崩れていくだろう。

陛下はそんなことをする人ではないと思うけれど……。

レオンが大丈夫であっても寝台の始末をしたのはメイドたちだ。教育はしっかりされているとは思うが、昨日の惨状がどうだったか覚えていない以上、どういう噂が立つかわからない。それに備えることもできないのだ。

そもそも、社交界嫌いのレオンをどうにかする、ということであれば、昨日の夜会ですでに約束は果たしているとも言える。

エゼルが自分の知り合いと引き合わせるという形ではあったが、レオンはそのすべてに如才《じょさい》なく対応していたのだ。

この国を立て直す能力のある王が、それくらいのことができないはずがなかった。

女性に対してもひと通りのことは理解しただろうから……あれで終わりじゃ駄目かしら。

しかし最後のアレは、繋がったことになるのかどうか。

エゼル自身も判断できなかった。

レオンは童貞のままなのか、少しでも挿入があれば一皮むけたことになるのか。

まぁしかし、今そんなことを考えてもどうしようもない。

エゼルは何も考えたくなくて、頭痛の原因を放り出したくてこの道を選ぶのだ。

――逃げよう。

後のことは、後で考える。

一番悪い選択だとわかっているが、もう他に何も考えたくなかったエゼルは、一日ぶりにロバルティ伯爵家に逃げ帰った。

# 4章

彼女は、いったいなんなんだ？

あの後、レオンは結局、一睡もしていなかった。

眠れなかったのだ。

エゼルと、女性と初めて繋がった、と満たされた気持ちになったのは一瞬だった。

猛った自身で深くまで貫こうとして、結局、その身の三分の一も進められず、完遂できたとは言い難い結果であった。

エゼルに、まるで子供が癇癪《かんしゃく》を起こしたような怒鳴り方をされて、その瞬間、我慢できずについ出してしまった結果でもある。

「…………………」

あれは決して早かったわけではない。

誰に言われたわけでもないが、レオンは自分で否定する。

が、今考えなければならないのはそこではない。不名誉な結果はひとまず記憶の奥に押しやって、唸《うな》りながら顔を顰めた。

「レオン様、どうなさいました？」

執務室は、毎日いろんな者たちが出入りする。

レオンひとりで国を回しているわけではないから、首脳陣が執務室に集まることも多いし、その者たちのお付きの者もいるから、結構な人数になっている。ニコラスが常にレオンの側にいるのは護衛も兼ねているからだが、今は放っておいてほしかった。

仕事だ、と朝になっていつものように部屋を出てきたものの、正直なところ何も手がつかない。

頭の中にあるのはエゼルの姿態だけだ。

いや、だめだ。人前で考える姿ではない。

それに、それを考えたかったわけではない、とレオンは頭を振って不埒《ふらち》な思考を散らし、

「レオン様？」と心配そうに声をかけてくるニコラスを胡乱《うろん》な目で睨む。

「……ニコラス」

「はい、レオン様、なんでしょうか」

「彼女の……エゼル・ロバルティ伯爵夫人のことだが。彼女はどういう……女性だ？」

「レオン様、それは前にもお伝えした通り――」

続くニコラスの話は以前と変わらない。

曰く――、
エゼルは毒婦である。男を惑わす淫婦であり、結婚相手には相応しくない女性だ。

エゼルは奔放である。社交界に顔が広いのも、様々な男を手玉に取ってきたからだ。

エゼルは誠実ではない。結婚当初から愛人を連れ込み、ロバルティ伯爵を侮辱した。夫の葬儀にすら愛人を同席させたというから、これは大変な裏切りである。

と、このように、ニコラスはまるで本を読んでいるかのようにすらすらと話すけれど、それは本当にエゼルのことだろうか。

聞けば聞くほど、自分の中のエゼルと重ならず、すっきりしない。

ニコラスは少々潔癖なところがある、とレオンは思っていた。特に女性に対して夢を見ている気がする。理想が高いのだ。とりわけ、レオンの相手に対する理想が。

だが、ニコラスが理想とする女性には、レオンはまったく興味がない。最初のパーティで紹介されたが、きつい香水の臭《にお》いがしばらくとれず辟易《へきえき》していたくらいで、あれが良い女だと言うのなら、ニコラスとはまったく趣味が合わないのだろう。

ニコラスに何を言われても、レオンが考えるのは、昨夜子供のように丸まって泣いていたエゼルのことだ。

痛みのせいか、敷布に涙を擦り付けるようにしてレオンに背を向けた彼女を前に、どうしていいのかわからず固まってしまった。

暴発してしまったという動揺もあって、状況を理解するのが遅れたのだ。

乱れたシュミーズ一枚のみという姿で、ちらりと覗く脚の間から赤い筋が伸びていた。

その周囲に飛び散っている白濁については視界に入れたくなかったが、あの鮮明な赤色は頭から離れなかった。

泣いていたエゼルは、気づけばそのまま眠ってしまっていた。

そんな状況でひとりにされたレオンは、果たしてどうするのが正解だったのか。

しばらく呆然と彼女を見下ろしていたが、エゼルをどうすべきかはわからなかった。

それからどのくらい時間が経ったかはわからないが、レオンはとりあえず綺麗な布でエゼルの身体を拭った。使用した布をとりあえずゴミ箱に放り込んだ後で、メイドを呼んで寝台を整えさせた。

その間エゼルのことはガウンに包んでソファに座ったレオンが抱えていたが、どうするか、と困惑に固まったままだった。寝台を整えたメイドがちらりとレオンとその腕の中のエゼルに視線を向けて、「お着替えをなさいますか？」と言わなければエゼルの格好を整えることすら思いつかなかっただろう。レオンは綺麗になった寝台にエゼルを戻し、メイドに新しい夜着を着せることを任せた。メイドはそれらを終えるとすぐに出て行ったが、寝台の上で疲労困憊《こんぱい》の様子で眠っているエゼルを見て、どうすればいいのか、と答えの出ないことをまたぐるぐると考えて――気づけば夜が明けていた。

朝になれば、身体は仕事へ向かうために惰性で動くことができる。

エゼルから離れれば思考を切り替えられるだろうと執務室に向かってみたものの、結果は寝室にいるときとまったく変わらなかった。

エゼルは、いったいなんなのだろう。

結局その問いに戻るのは、脳裏から離れない赤色のせいだ。

ニコラスの言う通りなら、彼女は男慣れしていて、恋の駆け引きや性愛にも詳しいはず。そもそもそれ故、レオンの相手に選ばれたはずだった。

手慣れている彼女に筆おろしをしてもらえ、と乱暴に言えばそういうことだったはずだ。

ところが、昨夜の夜会でエゼルから紹介された貴族たちは王都の高位貴族から地方の貴族まで多岐にわたっていた。男漁りをしているだけではあの交友関係は築けないだろう。

レオンも一応、まがりなりにもこの国の王なので、社交界の基本的な情報は頭の中に入っているが、彼女の頭の中にある情報はそれ以上である気がする。

これほどの知性を持つ女性が、淫婦、毒婦などと言われることに不自然さを感じた。

そしてエゼルはもう夫を亡くした身であり、法律上でも宗教上でも誰を選ぼうが自由な立場にある。

そう、エゼルは結婚していたはずだ。

今は亡きロバルティ伯爵のことを、レオンはよく覚えている。

反乱に賛同してくれる貴族は最初は少なかった。味方が増え、力が増していくに従って少数の集団が軍になり、前王を倒すことができたが、ロバルティ伯爵は最初の頃から味方でいてくれた。

そして、王国軍と一番ひどい争いのときに命を落とした。互いに粘ってひどい殺し合いになった戦場だったが、ロバルティ伯爵率いる者たちのお陰で勝利を収めることができた。

彼は十歳以上年上だったが、朗らかでいつも笑っているような人だった。優しいというより楽しい印象のほうが強く、長く付き合っていきたいと思う人物だった。

彼の訃報《ふほう》を聞いたとき、昔からの友人を失ったような気持ちになったものだ。残された妻が自分より年下と聞いて、さぞ心細い思いをしているだろうと案じていた。

その妻が、エゼルだった。

当時、四十路《よそじ》手前だったロバルティ伯爵だが、見た目はそれより十歳は若く見え、自分と同年代ぐらいだろうと思っていたほどだ。

そんな健勝な伯爵と結婚していたのに、どうしてエゼルは――処女だったのか？

さすがに、女性に疎くて奥手であっても、エゼルが流した血の意味くらい理解できる。できるからこそ、混乱に陥っているのだ。

あの足技は、どうやって覚えたのか。それも気になる。あれが未経験者のすることだろうか。

男を手玉に取るエゼル。レオンをからかい翻弄するエゼル。

けれど誰も受け入れたことのないエゼル。

いったいどれが本当のエゼルなのか。

彼女のことがまったくわからず、レオンは整えた髪をぐしゃぐしゃと掻き回し、勢いよく立ち上がった。

「――もう、わからん！」

「レ、レオン様!?」

「ちょっと行って来る！」

「ど、どちらへ――」

ひとりで悶々としていても、仕事が捗《はかど》るわけでも答えが見つかるわけでもない。いっそ会いに行って疑問を解決したほうが早いと、歩き出した。

ニコラスが慌てて付いて来ようとするが、行き先は後宮だ。ニコラスはどうせ入れない。

「ひとりでいい、エゼルもそろそろ起きるだろうから――」

廊下を追いかけて来るニコラスを振り切ろうとしたところで、こちらに向かっていたジョセフが一礼して道を譲った。そして去って行くレオンの背中に声をかけた。

「――陛下、エゼルは帰宅しましたよ」

「――――なんだって？」

レオンは足を止めてジョセフを振り返る。

厳重な後宮から、いったいどうやって彼女は出て行けたんだ？

＊

ああ、落ち着く……。

エゼルは、ずいぶんと久しぶりに自宅に戻った気がした。

実際は二日空けていただけなのだが、その間に起こったことが濃密過ぎて、ひと月、いや半年くらい時間が経っている実感だ。

ロバルティ伯爵家の屋敷は、王都でも西寄りの場所にあり、庭も含めて充分な広さがあった。使用人たちは必要最低限の数だが、それというのも主人が伯爵夫人のエゼルと、養子のイアンのふたりしかいないからだ。

さらに今、イアンは王都から北西に向かった地にある、ロバルティ家の領地で領主としての仕事を勉強中のため、ほとんどこちらには来ない。だからこの屋敷にいる主人はエゼルだけなのだ。

それまでほとんど一緒に暮らしていたザックも、クインがいなくなってから王都のはずれにある自宅に戻ってしまい、今は月に一度遊びにくるくらいだ。

ただ、エゼルは交流のある人たちを自宅に招くことが度々ある。そのために使用人たちも一定の人数を雇ってあった。ほとんどが長く勤めてくれている者たちで、エゼルも気心が知れている。エゼルにとってこの屋敷はどこよりも暮らしやすい場所だった。

エゼルはお気に入りの部屋で、大きな窓に向けられたソファに座り、落ち着く香りのお茶を飲んで寛いでいた。北向きの部屋だが、角部屋で窓が大きいため日中はほどよく陽が入って来るし、庭師が手をかけている庭にも面していて眺めも良い。

自室をここにしたい、と言っていたくらいだが、冬や夜は冷えるからと却下され、日中だけのエゼルの憩《いこ》いの場になっている。

もうすぐ陽が暮れようとしているが、用意されたひざ掛けがあれば充分温かいし、何より、ここにはエゼルの心を乱すことがひとつもない。

テーブルにはいくつかの手紙が置かれてある。エゼルは先ほどまで、文通相手からの手紙を読んでいた。女性たちから相談事を持ち掛けられることが多いエゼルには、たくさんの手紙が届く。エゼルは今、王都にいて、領地に戻った女性たちと頻繁には会うことができないため、その量は今までより多い。すべてが仲の良い相手からというわけでもないが、貴族としてはどのような相手であっても交流は大事だ。クインがいなくなったからといって、交流を止めるつもりはない。

今日封を開けた手紙のひとつに、ようやく社交界デビューをする年になり、もうすぐ王都に行ける、という少女からのものがあった。友人の女性から、ぜひ紹介したいと言われて文通を始めた相手で、まだ会ったことがないから王都で会えるのが楽しみだ。彼女も楽しみにしてくれているようで、それも嬉しい。

エゼルは、社交界デビューをする少女たちに、役立つ知識をすべて教えている。

そのお陰か、社交界で悪《あ》し様に言われることがあっても、エゼルは様々な集まりに引っ張りだこなのだ。

しかし実際のところ、どんなに知識があっても、実践できるかは別の話なのだと、今回のことで思い知ってしまった。けれど、そんなことはしばらく考えたくないと、半ば逃避しているのだった。

なんだが長い夢を見ていた気分……夢だったのかしら？

美味しいお茶に自然と口元を緩めながら、そんなふうに現実逃避をしていると、軽いノックの音と共に「奥様」という声がして、執事のウドが入ってきた。

「……なぁに？」

彼はロバルティ伯爵家に長く——それこそクインの子供の頃から勤めていて、屋敷の何もかもを知っている。それなのに、誰に対しても謙虚で、主人たちをいつも助けてくれる存在だ。クインの親より年上の老執事だが、まだまだ現役でエゼルの支えになってくれている。

「イアン様がご到着されました」

「——えっ」

執事の言葉に、穏やかだったエゼルの気持ちが乱れる。

「——母上」

言葉通り、執事の後ろから義理の息子であるイアン・ロバルティが姿を見せた。今着いたばかりなのだろう。旅装を解くことなく、少し息が上がっている。

「イアン……どうして？」

「どうしても何も、王宮に呼ばれたまま一晩以上帰ってこない、と連絡を貰ってすぐに領地から飛んできたのに、心配以外の理由が何か必要ですか？」

もうすぐ十六歳になるイアンだが、その背はすでにエゼルを追い越し、凛々しい青年に成長していた。クインの遠縁だけあって、顔立ちもどこか似ている。そんなイアンに冷静に窘《たしな》められて、エゼルは後ろめたい気持ちでいっぱいだった。

執事たちもエゼルを心配していたはずだ。

しかし彼らは貴族ではない。何かあったとき、エゼルを除いてロバルティ伯爵家で堂々と王宮に行けるのはイアンしかいない。だからこそ呼び出されたのだろうが、知らせてから二日で王都まで来たとなると、ずいぶん無茶をしたのだろう。

それほど心配させたのだと思うと心から申し訳なく思った。

「では奥様――そろそろ、ご説明いただけますか？」

エゼルが落ち着いたのを見計らって、執事もイアンと並んで部屋に入って来る。

穏やかな時間が終わったのだとわかる、ぴり、と緊張した空気が部屋に広がった。

一昨日の昼に王宮に呼び出されてから、今日の昼過ぎまで戻らず、その間、なんの連絡もなかったのだ。いや、一度だけ連絡したが、それは「春の夜会用のドレスを使いの者に渡してほしい」という手紙だけ。

それなのに当のエゼルは、帰宅するなり何かを洗い流すように湯浴みをし、着慣れた服に着替え、料理長の食事を「おいしい」と喜んで食べた後で、ここでぼうっとしているのだ。

その間、エゼルは「詳しい話は後で」と言ったきり、何も話さず何もしていない。

執事が痺れを切らす頃だ、とエゼルもわかっていた。そこにイアンまで加われば、エゼルに勝ち目はない。

けれどエゼルとて、どう説明すればいいのかわからなかったのだ。

まさか女を知らない王の夜伽《よとぎ》をするために呼ばれて、社交界への顔繋ぎまで頼まれて、未経験なのに致そうとして結局失敗してきました、と正直に言えるはずもない。

どう説明したものか、と顔を顰めながら考え込んでいると、執事がおもむろに口を開いた。

「国王陛下と夜会で仲良く寄り添っていた上に、その後後宮で睦まじく過ごされていたことは存じておりますよ」

「どこでそれを!?」

思わず聞き返してしまったが、貴族たちの噂話は一晩あれば王都中に広がるという。

でもそれにしたって早過ぎる。

エゼルは訝しんで執事を見るものの、彼は平然として、完璧な使用人の態度を崩さない。

「奥様が急に王宮に向かわれて、何が起こっているのか心配でなりませんでしたので……。こういうときのために、旦那様は使用人専用の情報網を作っておられました。王宮に探りを入れることも可能です」

「クインが！　それって私に隠し事はできないぞって言ってるようなものよね!?」

いや、そもそも知っているのなら、何故エゼルに訊ねてきたのだと、むしろそれを執事に訊きたかった。

「第三者の視点でも、何が起こったのか表面上は把握できますが、それに対して奥様がどう思われたのか、どうされたのかまではわかりません——大丈夫でしたか？」

「——」

何をもって大丈夫とするかによるだろうが、エゼルは怪我ひとつしておらず、五体満足で戻ってきているので、そういう意味では大丈夫である。

けれど執事の心配はそこではないだろう。

イアンもエゼルが置かれていた状況を知っていたのか、心配そうな顔を見せている。

エゼルが初めてこの屋敷に来たときから、クインをはじめすべての使用人たちがエゼルに優しい。彼らに無用な心配をかけたくないから、無茶なことはできないと思う。

ただ、今回のことが無茶になるのかどうか、エゼルにもわからなかった。

「母上？」

十歳しか違わないのに、イアンは養子になるなりエゼルを母と呼んだ。

確かに形式上は母であるが、ほとんど変わらない時期に侯爵家に入って家族になったので姉弟の関係に近い。だが真面目な性格のイアンは立場を曖昧にはしない。気楽な性格のクインも面白がって了承していたので、今でもエゼルはイアンの母だ。

そんなふたりに見つめられて、エゼルが心の内を吐き出さないでいられるはずがなかった。

「……あのね、私……後宮で、陛下のことをたくさん知ってしまったの」

「へぇ、どのような方でしたか？」

子供が話すような口調になってしまったが、イアンはそれを正すことなく、優しく促してくれる。

親子が逆転しているようだが、イアンは昔から冷静な子で、クインが後継者に選んだのも納得だった。イアンがまだ成人していないため、後見人がいないロバルティ伯爵家ではエゼルが領主代理をしている。

その役目ももうすぐ終わる。

十六歳を迎えたら、イアンは正式に爵位を継ぎ、エゼルは彼の庇護下に入るのだ。

ロバルティ伯爵家で家族の愛情を教えてもらったエゼルは、イアンたちだけに甘えた姿を見せられる。

「素晴らしい方だったわ。社交界嫌いであるというのは本当だったけれど、何も知らないわけではなかったし。むしろ私よりもたくさんのことを知っているんだと思う。人のことも国のこともよく知っていて、本当に彼が王になってくれてよかった」

「そうでしたか……父上も喜ばれることでしょう」

「そうよね……クインがいたら、もっと違うふうに――あぁ、王宮の、次期宰相様にもお会いしたわ。クインの友人だっておっしゃってた」

「――ジョセフ様でしたね。お若い頃、何度かこのお屋敷にいらっしゃいました」

執事が頷いて教えてくれた。

「本当に友人だったのね……ジョセフ様も陛下のことを大事に思っていらっしゃった。だから私が――」

「――夜伽に呼ばれたと？」

イアンのはっきりとした言葉に、エゼルは複雑な顔で返す。

そもそも、未亡人であれば、他の令嬢たちよりそういったことを求められやすいだろう。貴族の中では、未亡人が年若い青年の筆おろしをする、ということは珍しくない。

それでも立場上息子であるイアンに真面目な顔で言われたい言葉ではない。

「陛下は……まぁある事情があったから私を呼んだのだけど、概《おおむ》ね、そんなところを求めていらっしゃって……」

「ですが、奥様は……」

イアンよりもエゼルと付き合いの長い執事はすべてを知っている。

「……………うん」

エゼルは執事を見ることができなくてただ頷いた。

それだけで、彼らはわかってくれるだろう。

ずっと白い結婚を貫いてきたエゼルだが、もう白くない。

いや、まだ半分白いのかもしれないが。

しかしさすがにこれ以上打ちあけるのは無理だ。

「でも、私ができることは充分にしたと思うわ」

もう王宮に呼ばれることはないだろう。

もし呼ばれたとしても、エゼルはすでに手を尽くしたのだ。これ以上強制するようなら、相手がレオンの側近だろうと宰相だろうと従うつもりはなかった。

エゼルは、安全な場所に帰ってきたからこそ、冷静に考えることができ、その結論に至った。

「母上……大変でしたね」

イアンはエゼルの隣に座り、手を重ねて真剣に労わってくれる。

エゼルはその手を見て、ふと、小さいなと思った。

無意識に誰と比べていたかに気づき、顔が熱くなるのを必死で堪える。

何かが、エゼルの心を乱してこじ開けそうになるが、これまで培《つちか》ってきた精神力でそれを必死に押し込めた。

エゼルはイアンの手を握り返し、「うん」と頷いた。

＊

エゼル・ロバルティ伯爵夫人。

それがウド・フェフナーの主人だ。

ウドはロバルティ家に仕え始めてもう五十年になる。ロバルティ家の主人は、代々立派な方々だった。人が好い、仕事ができる、使用人にも優しい。……とはいえ、癖がないわけではない。

特に、亡くなったクイン――エゼルの夫である伯爵は、歴代当主の中でもまれに見る非凡な方だった。

決して悪い方ではない。使用人は、下男に至るまで好待遇で雇ってくれていたし、突然連れてきて結婚したエゼルにも優しかった。

エゼルに初めて会ったときのことを思い出すと、今でもウドは優しくしたいと思う。そんなエゼルは、クインの癖のある教育の結果、一筋縄ではいかない貴婦人になってしまった。だが当の本人がとても充実した毎日を送っているようなので良かったのだと思う。

使用人たちは、エゼルから何かを相談されたとしても、ほとんど肯定して受け入れる。それくらい、エゼルは伯爵夫人として屋敷の者たちに認められていたし、主人として信頼されていた。

そのエゼルが、王宮からの急使で出向き、二日も帰ってこなかった。

どんなに奔放で、悪い噂が流れようとも、エゼルの本質を知るウドたちからすると心配でならなかった。自由なようでいてきちんとした彼女が、知らせもなく外泊するのはおかしい。

とりあえず、大事《おおごと》になったときに対処できるよう、領地に使いを送ってイアンを呼び出した。

イアン・ロバルティは次期伯爵だ。

領地経営を学んでいる最中だが、誕生日を迎えればエゼルからすべてを引き継ぎこのロバルティ伯爵家の当主となる。


エゼルよりも十歳年下だが、この屋敷に来たときから母と呼ぶエゼルを、自分たちと同じように慕い、護っている。そんな彼を呼ばないわけにはいかないだろう。

せめてクインが――いや、ザックがここにいてくれたら、とも思ってしまった。

ザックは伯爵家の人間ではない。貴族ですらない。

公にはクインの友人という立場であり、専属画家でもあった。長く伯爵家に滞在していたため、クインたちの家族のような扱いになっている。

彼は、クインと共にエゼルを慈《いつく》しんでくれた人でもある。

しかしクインが亡くなり、あまり屋敷を訪れなくなった。そんな彼に知らせるのは躊躇われたが、エゼルのことは彼もずっと大事にしている。ここで除け者にするのもどうかと思い、エゼルが置かれた状況と、一応無事に帰宅したことだけは伝えた。

そもそも、使用人の伝手を辿り、主人は「王の夜伽のために呼ばれたようだ」とわかったとき、その役目はエゼルには無理だ、とウドをはじめ屋敷の使用人の誰もが思った。

何しろ、エゼルとクインが白い結婚であったことは、ウドたちもよく知っているからだ。

クインがエゼルに、「奔放であれ」と教育していたのは、面白がってのことではない。

クインと結婚する以上、白い結婚であることは確実で、それを周囲に気づかせないよう、隠し通せる強さが必要だったのだ。

この国で決して低くない地位にあるロバルティ伯爵夫人となったエゼルは、華やかなだけではない社交界で生きていかなければならない。どんなことが起こっても動じることなく、折れることなく、ひとりでその場を切り抜けられるだけの強さを持たなければ、魔窟《まくつ》でもある貴族社会で生き抜くのは難しい。

まるで先にいなくなるのを想定していたかのように、ひとりで生きていく術を教えているようでもあった。だがそれは念のためであり、本当にこんなに早くいなくなってしまうとは、クイン本人も思っていなかったはずだ。

クインやザックはただ厳しくしたわけではない。だが、独特な教育ではあった。とはいえそのお陰でエゼルは賢く優しく、そして明るい女性になった。クインがエゼルに与えた自由な人生を、エゼルは確かに享受して満喫しているようだった。

ウドたち使用人も、エゼルが幸せになるのならどんな道を選んでも従うつもりだった。クインがいなくなってからはさらに、気落ちする彼女を支えるためになんでも勧めた。

よりたくさんの貴族たちと交流を持つことも、友人とまではいかなくてもエゼルの気心が知れた相手を増やすことも、それこそ使用人の伝手を使い最大限に後押しした。

クインたちに教えられた知識や振る舞いから、社交界では淫婦と蔑まれたりする一方で、教えを乞うほど慕われたりもするようになり、その二面性をエゼルが楽しんでいるから、なんだって協力してきたのだ。

けれど、エゼルの生活は華やかなようで、落ち着いたものだった。誘われて買い物に行っても散財しない。必要なものだけを買って、あとは今あるもので充分だと言う。エゼルが文通をしている相手を屋敷に呼ぶこともあったが、それは女性だけだったし、どこかの夜会に出席はしても、泊まって来ることはない。

染みついた悪評のせいで、エゼルは社交界で知らぬ者はいないほど有名になってしまったが、エゼルが楽しそうならそれで良いと、ウドたちは諫めることはしなかった。

けれど、エゼルが変わってしまった。

急に王宮に呼び出され、無茶な難題を押し付けられ、エゼルが望んでいるわけではないだろうことに——エゼルから一番縁遠かった閨事の問題に巻き込まれた。

しかも相手がこの国の王だ。

付き合いの長いウドならわかる。彼女はもう、以前のエゼルではない。

これがもし数年前のことであれば、処罰されるのを覚悟の上で、使用人一丸となってエゼルを隠しただろうが、この王国は変わった。

辺境で育った新しい王は、誰に訊いても素晴らしいと言う。当主だったクインが、内乱により帰らぬ人となったことに対して思わぬことがないでもないが、エゼルもイアンも納得して受け入れたのだから、使用人たちも受け入れないわけにはいかない。

彼の治世がどんなふうに素晴らしいのか、平民からすると難しいことは言えないが、食べるものに困らなくなったし、理不尽に命が奪われることがなくなった。それが何より素晴らしいと思う。

そのような国にしてくれた王に、見初められた。そう思うと、使用人としては鼻が高いが、事はそんなに単純ではないだろう。

エゼルは屋敷に戻ってからふさぎ込んでいるように見える。

付き合いの長いウドからすると、動揺しているのがよくわかるのだ。

その動揺が何から来ているのか。突き詰めれば誰かに興味を持った――ということだろう。

イアンもそれがわかっているのか、エゼルの心を乱すことがないように、穏やかに話し相手になっている。

正直なところ、もしクインがいたらこうはなっていなかっただろう。エゼルの変化を喜び、もっとやれと楽しそうに囃《はや》し立て――いや、そもそも、さすがに夫のいる者を夜伽には呼ばなかったはずだ。それでも、エゼルが望めばなんでもしたはずだし、エゼルが嫌がるなら、全力で相手を排除しただろう。

エゼルは今、小さな頭でいろいろと考え、混乱しているはずだ。あまりに考え過ぎて面倒になり、もう何も考えたくないと思っているかもしれない。

しかしそれほどに考えているということが、これまでのエゼルとは違うのだと、当人は気づいているだろうか。

イアンはエゼルの心を落ち着かせるのに持って来いの人材だが、このまま落ち着いてしまうとせっかく変化し始めたエゼルの気持ちがしぼんでしまいそうでもある。

やはり、ザック様を呼び出すか――。

こういった類のことでクイン亡き後頼れるのはクインの側にいたザックだけだ。

彼は貴族に人気の画家だから、今回のエゼルの騒動はもう知っているかもしれないが
……と思いつつ使いを立てようとしたところで、ウドは門番から来客の知らせを受けた。

もうすぐ陽も落ちるこの時間に、いったい誰が――。

これまで散々ロバルティ伯爵に振り回されてきたので、大概のことには動じることもなくなっていたが、客人の名前を聞いて、一瞬固まるほどに驚いた。

それでも、心のどこかではこうなるだろうと予感もしていた。

やはり、旦那様たちの教育のたまものでしょうか……。

ウドはエゼルが引き寄せた相手の大きさに、知らず口元を緩めていた。少し楽しい気分になりながら、先触れも寄こさず急に訪れたこの国の王を迎えるべく玄関へと向かった。

＊

「どうして――」

エゼルは知らせを受けて驚き、慌てて客室に入ったものの、その姿を見てもやっぱり信じられなかった。

夢？　もしかして偽者？

そう思うくらい、彼がこの場にいるのは不自然だったのだ。

「――誰だ？」

突然屋敷に現れたのは彼のほうなのに、そう言って不機嫌顔を見せるのは、この国の王であるレオンだった。

その鋭い視線がエゼルの隣にいるイアンに向けられていると気づき、イアンはお手本のような挨拶をした。

「――初めてお目にかかります、陛下。ご挨拶が遅れて申し訳ございません。イアン・ロバルティと申します。母上が――この度は母が、大変お世話になりました」

「母……？」

イアンの言葉に驚いたように目を瞠ったレオンだが、イアンが養子であると思い出したのか、エゼルとイアンを何度も見比べているようだった。

レオンに促され、ふたりが並んで彼の向かいに腰を下ろしたところでレオンが口を開いた。

「そなたがクインの――ロバルティ家の後継者、か？」

「はい。陛下には亡き父が大変お世話になりました」

「いや、世話になったのはこちらのほうだ……クインがいなければ、我々の悲願は達成までもっと時間がかかっただろう」

「過分なお言葉、亡き父も浮かばれることでしょう」

「そうか……」

亡くなった人の話になると、どこかしんみりとしてしまうのは仕方がないだろう。

けれどクインという人は、残された者たちにしんみりしてほしいと思うような人ではなかった。もし今、彼がここにいれば、突然現れたレオンに、何をしに来たのか、泊まっていけるのか、と気安く話しかけていただろう。

エゼルはそう思ったから、レオンが何故ここに来たのか、その理由が知りたくてイアンの横から会話に入った。

「――陛下、いったいどうなさったのですか？　こんなところにいらっしゃるなんて……」

「こんなところに来たのは、そなたが出て行ったからではないか」

「――えっと……ですけど」

「こちらが依頼した仕事を、完遂していないだろう。役目はちゃんと果たしてもらわないと困る」

「や、役目、と言われましても……」

完遂という言葉を聞くだけで頬が熱くなった。

だが、恥じらっている場合ではない。

何を求められているのかは理解したが、エゼルにはあれ以上のことは難しい。そしてレオンは、昨夜それに気づいたはずだった。

逃げるように出て行ったのは申し訳ないし、情けないとは思うものの、あれ以上後宮に居続けると、自分が困ったことになりそうで――怖くなったのだ。

それにエゼルから見ると、レオンは彼の側近たちが心配するほど社交のできない人間ではない。

どんな面を見せられても、レオンが素晴らしい王であるのは間違いないと思ったし、きっかけさえあれば、彼はすぐに貴族社会に馴染むだろう。それならエゼルの仕事は終わったも同然だった。

処女であったとはいえ、エゼルを翻弄する術を持っているのだから、他の女性の相手だってできるはずだ。

エゼルに、自分の秘密をばらすな、と念押ししに来たのだろうかとも考えたが、「役目を果たせ」などと言う彼の言葉を聞くかぎりどうやら違うようだ。

だが、彼の来訪の理由はどうあれ、彼の秘密をばらさない代わりに、エゼルの秘密も黙っていてもらえるよう頼めないかと考えていた。

「そもそも、そなたに訊きたいことがあったというのに、勝手に出て行くから――」

「訊きたいこと？」

何かあっただろうか、とエゼルが首を傾げると、レオンはイアンに視線を向けた。

その意味に気づいたイアンは、穏やかな笑みを浮かべて立ち上がる。

「――申し訳ありません陛下。実は私、つい先ほど領地から戻ったところでして、失礼ながら旅装を解くために席を外してもいいでしょうか」

「ああ、ゆっくりするといい」

ひとりにされる、と思い、エゼルは動揺した目をイアンに向けたが、にこりと笑みを向けられただけで、義理の息子は無情にも部屋を後にした。

しかし部屋にふたりきりになったわけではない。

レオンは今度は、部屋の隅に控えている執事に視線を向けた。

執事は、異性とエゼルをふたりきりにしない。それは相手が王であっても変わらないようだ。

レオンは執事を見たまま、はっきりと「ふたりにしてくれ」と言ったが、不遜にも執事は首を横へ振った。

「申し訳ございません。たとえ陛下であっても、ここで無礼者と切り捨てられようとも、奥様とお客様をふたりきりにしてはならないと、亡き旦那様から命じられておりまして。私は家具のひとつくらいにお考えください」

執事をその辺の棚と思えるわけがないが、レオンは目を細め、鋭く執事を見た。

「――では、ここで見聞きしたことは黙せよ。お前は何も聞いてはいない」

その言葉に、執事は深く頭を下げた。

レオンの視線は鋭く、それを見たエゼルは彼が容赦なく人を手にかけてきた者なのだと、はっきり教えられた。

その視線を受けて臆さない執事も執事だが、レオンは早々に執事からエゼルに視線を戻した。

「どうして処女が悪女のように言われているんだ？」

ぶつけられた直接的過ぎる言葉に、エゼルは眩暈がした。

言葉を濁すとか、巧みな言葉でエゼルにだけわかるようにするとか、そんな気遣いはレオンにはないようだった。

社交ができない――。

そう言ったジョセフの心配が、エゼルはようやくわかった気がした。

＊

エゼルがいた。

彼女の屋敷なのだからいて当然なのだが、最後に見た裸体ではなく、ちゃんと服を着てレオンの前にいる。

幻ではないのだと、何故か心が安堵していた。

今回のことは、いくら考えてもレオンひとりの頭で答えが出てくるわけでもないから、強硬手段を取った。

側近たちからは——特に護衛であるニコラスからは、あまりにも浅慮《せんりょ》で、立場を考えてほしいと止められたが、一度は権力を使ってエゼルを王宮に呼び出したのだ。

二度もその手を使うのは憚《はばか》られて、ならばレオンが出向くしかなかった。

手紙を出すなり、代理人を立てるなりする、という考えも浮かんだが、何より——レオンが会いたい、と思ったのだ。

先触れもなく急に訪ねてきたレオンが悪いのだろうが、エゼルはひとりではなかった。

親密な距離で他の男の隣にいたのだ。

誰だ、そいつは——。

むかつく気分を抑えられなかったが、彼はイアン・ロバルティでエゼルの息子だと言う。

養子であるのは間違いないのだろうが、それほど年が離れているわけでもない男と密着するのはどうだろうか。エゼルにも相手の男にも腹が立つ。

けれどイアンはレオンの気持ちを察したかのように、すぐにエゼルから離れた。

エゼルは目を丸くしていたが、そんな顔を見られて満足している自分がいる。

イアンは素直に部屋を出て行ったが、この家の執事は、宣言通り家具の一部になりきっている。エゼルの重大な秘密にも関わることだからふたりきりで話したかったが、あの執事がエゼルを傷つけるようなら、自分が責任を持って処理すればいいと判断した。とりあえず、今のところそんな必要はなさそうでほっとする。

エゼルは眉根を寄せて何故かレオンを睨むような顔をして向かいのソファに座っていた。

エゼルの答えを待っているのだが、わからなかったのだろうか。

「もしかして、俺が気づいていないと思っていたのか――さすがにわかるだろう、あの後始末をしたのは俺で――」

「陛下！」

レオンの言葉を遮ったエゼルは、顔が真っ赤になっていた。睨んでいたけれど、まったく怖くない。

「ちょ……っと、いろいろ言いたいことはあるのですが、とりあえず、後始末って――どういう意味です？」

そんなことか、とレオンは素直に答えた。

先に眠ってしまったエゼルが、それでも汚れたままでいるのは嫌かもしれないと思い、布で拭ってとりあえず証拠を消したと伝える。

もちろん、清潔な布だった、と付け加えた。

「布って……その布は、どこへ？」

「ゴミ箱が部屋にあるだろう？」

当然、必要ないものは捨てるだけだ。

けれどエゼルは、両手で顔を覆って唸っていた。

ちらりと視界に入った執事が、物になっているはずなのに何故か天を仰いでいる。

なんだ、と訊く前に、エゼルが顔色の悪いまま目を据わらせていた。

「――いえ、もう、そこはいいです……考えないことにします。そう。私は何も見ていないし、知らないので！」

「うん……？」

「いいのです、次、本題です」

その通りだとレオンも思っていたので、エゼルの次の言葉を待つ。

「陛下。陛下にはもう私は必要ないと思っております……陛下は、社交もおできになりますし、あのことに関しましても、もう何もご存じないわけではないですし――」

「――待て、社交ができるとはどういう意味だ？」

エゼルの言い分はともかく、レオンはエゼルに社交をどうこう言われるいわれがあっただろうか、と考える。

エゼルは問い返されたのを不思議そうにしていたが、正直に答えてくれた。

「陛下の、社交嫌いをどうにかするように、と依頼されまして」

「誰がそんなことを？」

「宰相補佐の、ジョセフ様です」

レオンは急に腹が立ってきた。

それで急に春の夜会に出ると言ったのか。

確かに、レオンは社交が嫌いだ。社交というより、社交界が嫌いだ。

出たくないし、したくない。多くの貴族たちに愛想を振り撒くのは面倒で御免こうむりたいし、そもそも、あの場に出ると香水臭い女が群れてくるから鬱陶《うっとう》しい。

王族に群がる貴族の女たちがどんな者たちなのか、母によく教えられていたので、できるだけ近づきたくなかった。

女性をどう扱っていいかわからなくて逃げていたわけではない。断じてない。

レオンが何を考えているのか察したのか、エゼルは頷いていた。

「陛下は――社交ができないわけではないんですよね……お嫌いなだけで」

その通りだ。エゼルが自分を理解してくれていると思うと気分が浮上する。

「勝手な心配だと、ジョセフ様におっしゃると良いと思います」

「……自分で言えばいいだろう」

「私はもう――」

「社交どうこうは置いておくとして、そなたは俺に教える役目をまだ担っているはずだ。手ほどきと言うが、俺はまだまったく理解していないからな！」

一度見て触れるだけでは、エゼルの身体はまったく理解しきれなかったのだ。

昨夜のあれが成功ではないことはレオンはわかっている。エゼルもわかっているはずだ。最初の夜、エゼルは手慣れているふうだったのに、実際は処女だった。初めて同士でいきなり成功するはずがないのだ。

ならば、慣れるまでやらなければ意味がない。

「で、ですけど！　でも！　陛下はその……もう……わかるでしょう!?」

エゼルの顔が耳まで赤くなっている。直接的な言葉は恥ずかしいようだ。けれど最初のときの奔放な様子はなんだったのか——酒の勢いもあったのかもしれない。そういえばグラスを持っていた、とレオンはあの日の姿を記憶から消せないでいることを不思議に感じた。

それにこの恥じらいを見るのが楽しいと思うのはおかしいだろうか。

「わからない。結局、見ないでやるのは無理があったのではないかと今も思っているし別のやり方を試してみなければわからないし」

「そういうことについては、私よりも他に長《た》けた方が——」

「今更他の誰かにこんなこと打ち明けられるか！」

そもそもレオンはエゼルにだって教えるつもりはなかったのだ。

けれどおせっかいな周囲のお陰で、すでにエゼルにばれている。ならばこれ以上は広めたくない。エゼルだけに留めたい。

いや、エゼルがいい。

「俺の俺はまだ一人前ではない」

そう言った直後、ぐっとくぐもった声が聞こえた。エゼルが噴き出しかけて堪えた声だ。ばかなことを言ったレオンをじろりと睨むエゼルは、不遜と言えばそうなのだが、怒りも煩わしさもまったく湧いてこない。むしろもっと、いろんなエゼルが見たいと思ってしまう。

エゼルの目元は怒りながらも笑っている。それがまたレオンの心を弾ませる。

エゼルは、んっと喉の調子を整えてから、声を出した。

「――そうですね、でないと陛下の小陛下はずっとすべてを知らないままで……」

「俺の俺は小さくはない！　――が、不完全ではあると認めよう」

完全になるにはエゼルが必要だ。

エゼルだけを、レオンは望んでいる。

ふ、と思わず笑みを零してしまったとき、部屋に第三者の声が響いた。

「――あれ、楽しそうだね？」

レオンとエゼルは同時に声のほうを振り向いた。

誰だ？　とレオンは顔を顰める。

この屋敷の者にしては、使用人らしくない格好――平民のような服装だったのだ。貧しいようには見えないが、使用人のお仕着せではなく、貴族の服でもない。

黒く長い髪を後ろで緩くひとつに纏めただけの男が、柔和な笑みを浮かべている。その雰囲気がただならぬように感じてレオンは警戒した。

けれどエゼルは違ったようだ。

「――ザック！」

それまでの少し緊張していた声が一変し、明るく、嬉しそうな声だった。

驚いてはいるものの、歓迎するようなはずんだ声にレオンは驚く。ますます誰だ、と警戒するが、ザックと呼ばれた男は遠慮なく部屋に入って来ると執事に会釈をして、エゼルに優しく微笑んだ。

「私たちの大事な姫が面倒事に巻き込まれたと聞いたからね。駆けつけないわけにはいかないだろう？」

「ザックったら、そんなことを——ウドね、知らせたのは！」

エゼルは執事を睨んだが、雰囲気は柔らかなままだ。

レオンが気に入らないのは、この男の存在ではない。エゼルが、ザックを見てから穏やかで気安い雰囲気になっているのに苛立っているのだ。

「こちらが——国王陛下ですね。初めてお目にかかります——画家の端くれのザックと申します。ただの平民ですよ」

挨拶はしてきたものの、慇懃《いんぎん》無礼《ぶれい》という言葉通りの態度に、レオンの目が据わっていく。

「そのただの平民が——エゼルのなんだと言うんだ？」

「私はエゼルの——親というか兄というか」

そこでレオンの目がさらに鋭くなったのは、ザックが当然のようにエゼルの隣に座ったからだ。

「ザック！」

エゼルは一応ザックを諫めはするが、仲の良さがわかる声で、ますます面白くなかった。

思わずザックを睨み付けてしまっていたが、彼はそんな視線をものともせず、正面から受け止めて答えた。

「私はエゼルの愛人——」

「——なっ！」

「ではなく、クインの恋人ですよ、陛下」

「——な!?」

からかわれている、と一瞬思ったものの、ザックの言葉はそれ以上にレオンに衝撃を与えたのだった。

＊

ザックはクインの恋人だ。

それはエゼルがこのロバルティ伯爵家に来る前から、この屋敷では周知の事実だった。

エゼルは、クインとザックのふたりに迎えられたのだ。

どう見ても男性であるザックを見て、クインがどういう性的指向を持っていたのかをレオンは正しく理解しただろう。そしてエゼルが処女だった意味も理解したはずだ。

「ザックったら、陛下にそんなことを——」

「言わないと、陛下に誤解されたままだろう？　私たちのかわいい姫が、まるで娼婦のように言われている社交界での噂を信じてしまう」

「それは」

「でも、この頭でっかちの姫を欲しがる陛下は目がいいね。だからこそ、説明したほうがいいと思うよ、エゼル」

そんなことを突然言われても、レオンだって困るだけだろう。

ちらり、とエゼルは不安げな眼差しをレオンに向けるが、レオンの顔は強張ったままだった。

けれど説明を求める目をしている。

こうなれば、何も言わないほうが面倒なことになるのだろう。エゼルはザックの言う通りに打ち明けることにした。

「陛下、この人は……さっき言った通り、クインの、亡き夫の恋人で……夫と一緒に、私を育ててくれた人です」

「――待て、では……ロバルティ伯爵と、彼が恋人なら、エゼルは……」

「処女であるのは当然でしょう？」

ザックはレオンをからかうのをやめるつもりはないらしい。

エゼルすら言うのを躊躇う事実をザックがさらりと教えてしまうことに、エゼルは呆れを隠せず小さくため息を吐いた。

誰か助けてほしい、と今はいないクインのことを思い浮かべたものの、すぐにだめだ、と思い直す。クインなら、ザックと一緒になって面白がり、騒ぎが二倍になったはずだ。

部屋に控えたままの執事に視線を向けると、すでに考えることを放棄したのか目を逸らされてしまった。

「そもそも、エゼルがこの屋敷に来たとき、その身体は枯れ枝のように細くて小さくて、まず助けてやらなくてはと思った。だから全力でかわいがったんですよ」

「それは、どういう――」

「細かいことはエゼルに訊いてください。それで――貴方がここにいる、ということは、うちのエゼルを求めていると判断していますが――」

ザックの言葉に、レオンはしっかり頷いた。

エゼルがどう思おうとも、彼らの会話は勝手に進んでいくようだ。

「エゼルを傷つけないでほしい――そう思っているから、私は無礼にもこうして陛下に偉そうな口を利いているわけです」

無礼にも、と言っているが、本当は無礼などと思ってはいないだろう。

ザックの人を食ったような態度は昔からだし、画家という職業から貴族にも知り合いが多く、この態度が許される人とそうでない人の判別ができる人だ。

つまりザックは、レオンにはこの態度でもいいと判断したわけだが、エゼルとしては気が気でない。

エゼルのことを大事に思ってくれるのはわかるが、エゼルだってザックが大事なのだ。

「ザック――」

「エゼル、君はクインが残した大事な姫だ。私には君を守る権利があるんだよ」

だから大人しく守られていろ、と言われても相手が相手だ。

レオンの様子を恐る恐る窺うが、彼は怒るでもなく、じっとザックを見ていた。まるでその心の内を探るように真剣に。

「……思い出した。そなたが画家というのなら、ロバルティ伯爵の葬儀でエゼルと一緒にいた愛人というのが」

「――ああ、それは私ですね。私の恋人の葬儀なのですから、私が出るのは当然のことでしょう」

エゼルはあの日の悲しみを思い出し、一瞬心が軋んだ。

あの日ほど、いつも穏やかなザックが心を殺した日を知らない。

その姿を見て、エゼルはクインだけではなくザックも失くした気持ちになった。実際、その日にザックは屋敷を出て行ってしまったのだから。

「ザック」

「……エゼル、私はクインを忘れてはいないよ――だけど、悲しんでばかりいるわけでもない。楽しく、幸せだった。君が来てからは、もっと楽しかったしね」

微笑むザックの瞳の中には、あの辛さはない。

エゼルはほっとしながらも、彼が悲しみを忘れたわけではないと知っているから、失敗したような笑みを浮かべるしかなかった。

ザックはエゼルからレオンに視線を移した。

「クインを失ったのは私だけではない。エゼルもとても辛い思いをしている——黒いドレスを、着続けるほどに」

「——それは？」

「ザック！」

ザックを止めようとしたが、遅かった。

「あの日から、エゼルは喪服の代わりに黒いドレスばかりを身に着けている——貴方は、そんなエゼルにどれだけのことができますか？」

「ザック——」

エゼルは困った。

確かに、喪服のつもりで黒いドレスを着ているし、今では流行のドレスを着るよりこの格好のほうが落ち着く。

けれどそれを盾に、誰かに何かを言いたいわけではなかった。未亡人である、と周囲に知らしめるという意味なのだ。

レオンを見ると、何故かひどく狼狽えているようだった。

「陛下——」

「それでも」

エゼルが声をかけるのと同時に、レオンが口を開いた。

「それでも、俺にはエゼルが必要だ」

なんの答えにもなっていない気がした。

けれどザックは、それが正解だとでもいうように、にこやかに笑った。

「エゼル、しばらく陛下と一緒に過ごしてみるのはどうかな？」

「ザック……どうして」

「君の求めるものが見つかるかもしれないからだよ」

どういう意味だろう。

昔から、ザックはエゼルよりもエゼルのことを知っているように話す。

ただ、彼の提案がエゼルにとって悪いことであったことは一度もない。

だからエゼルは、ザックの言葉に従い、レオンに向き合った。

「一緒に……王宮へ、行きます」

「続きをしてくれるのだな？」

そういうことを言わなければもっとうまく纏まったのに。

エゼルは赤くなった顔をザックに見られ、我慢できずレオンを睨んだ。

# 5章

レオンが王宮にエゼルを連れ帰ったことは、社交界でも噂になるだろう。

春の夜会に連れ立って出席したことは知れ渡っているし、詳細を探るために貴族たちの目はいつも以上にレオンに向いているだろうからだ。

様々な男の間を渡り歩くエゼルが、次の相手をレオンと定めて、その手練手管でついに陥落《かんらく》させた――というのが、現在の社交界での新しい噂らしい。

らしい、というのは、エゼルはぼうっとしてしまっていて、執事のウドが聞き集めてくれたからだ。

他には、遊び慣れたレオンが戯《たわむ》れにエゼルを愛人にしているというものや、ひどいものでは、王都の貴婦人に見向きもされなかった成り上がり陛下の相手をする者は、来る者拒まずのエゼルくらいだ、などとレオンを貶《おとし》めるものもあるらしい。

総じて、エゼルもレオンも評判としてはあまり良くない。

屋敷を出る前、準備している間にウドから聞いただけでもそれだけの噂があるのだ。

だがザックは、同じようなことをすでに聞いた上で、「さすが私たちの姫。この国最高の男を捕まえるとは」と笑っていた。とても面白そうに笑っていたので、エゼルがいなかったら腹を抱えて笑っていたに違いない。エゼルを心配しているのは確かなのだが、こういうからかい癖はいまだに残っている。クインがいなくなっても変わらないことを喜べばいいのか怒ればいいのかわからないが、彼が元気そうでよかったと思う。

見送ってくれたイアンからは、「エゼルが望むことはなんでも受け入れるから」などと笑顔で言われ、相談できる相手がいないことをエゼルは悟った。

だが、レオンの相手として、やはりエゼルだけは選択肢に入れないほうがいいのではないか。

一度だけならまだしも、またこうしてふたりで王宮内を歩くことは、レオンにとって良いことにはならないはずだ。けれどレオンに手を引かれることが、エゼルは嫌ではない。

誰かから頼まれたのではなく、レオンから直接言われたことが、自分が思い切って決断した理由だと自覚している。

レオンと共にいるということは、夜伽の相手を務めるということだ。それがどういう意味なのか——社交界での悪評がこれ以上広まったところで、エゼルは気にしたりしない。エゼルが大事な人は、噂を気にしたりしないからだ。けれどエゼル自身の気持ちは、複雑なものだった。

これは噂ではなく、実際に閨での睦み合いを繰り返す——あの夜のような行為をする、と決めたということなのだ。どうして、と自分に問いかけても答えはわからない。ただ、レオンの側にいることに違和感を覚えず、差し出された手を取りたいと思ってしまったのだ。この決断を後悔するかどうか――まだエゼル自身にもわからなかった。

レオンはエゼルを迎えに行く時間だけをなんとか捻出《ねんしゅつ》したようで、エゼルを後宮の入口まで送り届けると、護衛の側近たちに囲まれて執務室に向かった。護衛がすぐさまレオンの周囲を囲んだ様子は、逃げ出さないように連行しているようにしか見えなかったが。

『食事を済ませて待っていろ』

レオンは去り際、そう言い置いた。つまり、自分が仕事をしている間に閨でのこと――前回の続きができるように準備を整えていろ、ということだろう。

それは側近たちだけでなく、その場にいた王宮の使用人たちにもはっきりと聞こえたはずだ。恥ずかしくてどうにか取り繕おうとしたが、ここまで堂々とされると誤魔化しようがない。

結局エゼルは、これも社交と同じだ、と心を決めて悠然《ゆうぜん》とした微笑みで応えた。

社交の場では、エゼルは噂通りのエゼルでいることを求められる。淫婦に見られたり、悪女に見られたり、または一部の女性から憧れの目を向けられたり。その期待に応えるのがエゼルの務めだと決めているから、このときも堂々と、自身に用意された部屋へ向かった。実際、隠れなければならないようなことはしていない。

ただ、エゼルを最初に後宮へ連れてきたニコラスが、とても憎々しそうにエゼルを睨んでいたことが気になった。

彼は最初から、エゼルに対する嫌悪感を隠そうとしていなかった。今回もエゼルが戻って来たことを苦々しく思っているのかもしれない。

ニコラスたち側近の当初の計画では、エゼルにレオンの手ほどきをさせて、レオンが女性に慣れたところで、正式に王妃を選んでもらう、ということだったはずだ。

正直なところ、二晩で女性に慣れさせろというのは、本職の娼婦でも難しいだろう。けれどニコラスの視線は不満と嫌悪しかなかった。もしかしたら仕事が遅いとでも思っているのかもしれないが、エゼルがどうすればいいというのか。

実際のエゼルは、悪女という看板をさげている知識だけ持った経験値のない女に過ぎないというのに。

そう、エゼルとレオンはいわば初心者同士だ。そんなふたりがどうやって続きをすればいいのか。エゼルは豊富な知識を持ってはいるが、それが我が身に降りかかると思うと躊躇してしまっている。

どうしよう、と周囲に気づかれないように動揺していると、いつの間にか時間は過ぎていたようだ。

軽食をもらい、ほっと一息ついたところで、レオンが寝室に現れた。あまりにタイミングが良すぎて、エゼルの様子をどこかで見ていたのではないかと考えてしまった。

「――エゼル」

「陛下――」

ノックもなしに入って来たレオンは、かしこまろうとしたエゼルに近づいたかと思うと、おもむろに抱き上げ、そのまま寝台へ倒れ込んだ。

柔らかな敷布にレオンと一緒に転がったエゼルは、彼の顔を間近に見て目を丸くした。

「…………どうして倒れ込んだのですか？」

「……わからん。勢いが止まらなかった」

「そんなばかな――」

つい、笑ってしまった。

どれだけ我慢ができなかったというのか。子供のようなレオンにどうしてか愛しさが込み上げてきて、自然と笑みが零れた。

そのエゼルの顔を、レオンが真剣な目でじっと見つめる。そんな真面目な顔をされると、ひとりで笑ってなどいられない。

彼の顔がゆっくりと近づき、エゼルの唇に柔らかなものが触れた。目を閉じて受け入れ、離れてから目を開ける。

「……今の口づけは正しかったのか？」

昨夜、エゼルが何かを言う前に、レオンは自身の欲望のままエゼルの口腔を貪っていた。それを思い出したのだろうが、実践は皆無なエゼルがどうして正しいかどうか判断できるだろう。

「……おそらく」

エゼルが曖昧な答えしかできないことを、レオンはもう知っているはずだった。

レオンはそこでふと思い出したように訊いた。

「――クインとは、本当に何もなかったのか」

改めて訊かれても、エゼルは頷くしかない。

反対に、エゼルも訊きたかった。

「陛下は――どう思われますか？　その、クインとザックの……」

同性同士の付き合いは、宗教上禁止されているわけではないが、この王国では推奨されていない――知られれば悪《あ》し様に言われる。貴族であれば表立って歩けないくらいの立場に追い込まれるだろう。

エゼルは、まだ世間を知らない少女の頃に、最初から好き合っていたふたりに引き合わされたのでおかしいとも思わなかったが、成長するにつれて、それはいわゆる〝普通〟とは違うのだと教えられて理解した。

彼らのような者に対する反応はおおむねふたつに分かれる。そんなおかしな関係は早く解消したほうがいいと諭《さと》されるか、汚らわしいと拒絶されるかのどちらかだ。

レオンの言葉を緊張して待っていたエゼルは、しかし返って来た答えに呆気に取られた。

「そういうものなのだろう。好き合っているのなら、問題ない」

「そ……そうですか？」

「それより、クインとの結婚はどうだったんだ」

エゼルの心配をよそに、レオンは同じことを訊いてくる。彼の心配はクインとザックのことよりクインとエゼルのことのようだ。

エゼルは正直に打ち明けた。

「――いわゆる白い結婚でした」

「――本当に？」

「そもそも、十五も離れていましたので――妹か娘に思われていたようです……クインには、彼の本当の子供のように面倒を見てもらいました」

「養子のイアンのようにか？」

「ええ――そうですね。時期も同じくらいだったので、あの子とは姉弟のような関係です」

「だが、貴族の結婚で年齢の差があるのはめずらしくないだろう。成人していたのなら……」

レオンは正しい。

この国では十六歳で成人し、貴族なら社交界デビューをする。だからそれ以後であれば結婚しても問題はない。

結婚した当時、エゼルが本当に十六歳だったのなら。

「私がロバルティ伯爵家に引き取られたのは、十四歳になった頃です」

「――なんだと？」

レオンの声が低くなり、顔も険しくなったのを見て、誤解しないでほしいとエゼルは続ける。

「私は、両親に売られた子供で、クインには助けてもらったのです」

エゼルの告白に、レオンは目を見開いて言葉をなくしていた。

怒っているようにも感じた。けれどその怒りはエゼルに対してではないとわかるから、その雰囲気に包まれても嫌ではなかった。

ただ、もう昔のことだからレオンに怒ってほしくなかった。

＊

エゼルの過去を、こんなふうにして知るとは。

寝台に寝転んだまま聞く話ではないだろうと、レオンはエゼルの身体と一緒に起き上がり、向かい合って座った。

それから少しの表情の変化も見逃さないように、エゼルの顔を覗き込む。

「――説明を」

「説明、というほどの内容でもないのですが」

エゼルは、もう終わったことだと、諦めた過去を思い出すようにして笑った。

その笑みが、レオンは気に入らない。

「私はアダムズ子爵家の次女として生まれました」

「アダムズ……」

レオンは記憶を探り、その家は今はもうなくなっていたはずだと思い出す。

「セフナー侯爵派でしたので……前王に与していました」

「……ああ」

ということは、粛清対象になっていたのだろう。

そうすると、レオンはエゼルの両親を殺《あや》めたことになる。少し狼狽えたものの、エゼルはまったく気にしていないようだった。

「あの家の人たちは、粛清されて当然のことをしていました。領民たちが飢餓《きが》に苦しもうとも、より多くを奪おうとするような人たちでした。搾取《さくしゅ》したものは、自分たちの保身のために、懇意《こんい》にしている貴族への賄賂《わいろ》としていたようです。あのまま家にいたら私も同罪だったでしょう。その前にクインに見つけてもらえて、助けてもらえました……。どうして私を選んだのかは結局訊けず仕舞いでしたけど、心から感謝しています」

エゼルは、穏やかな顔で自分のことを話した。

「私は生まれたときから、不要な子供で……。と言うのも、私は使用人との間にできた庶子で、アダムズ家ではいないものとして扱われていました。両親がそうするので、彼らに従う使用人たちもそう扱いました。私が成長できたのは奇跡かもしれません。行動を制限され、食べるものも満足になくて……私は常にお腹を空かせていました」

恥ずかしそうに頬を染めるエゼルだが、レオンは頭の中で何度もアダムズ子爵を殺していた。

子供を虐待する親は、すべて絶えてしまえばいい。

レオンの不機嫌そうな顔に対し、エゼルは壮絶な過去を話しているというのに穏やかなままで、まるで他人事のようだった。それがむしろ、幼いエゼルの生活の過酷さをより感じさせて更に苛立ちを募らせる。

「クインがどのような方法で私をアダムズ家から引きはがしたのか、詳しいことはわからないのですが……当時の私は平民の子よりも痩せて、ろくに手入れもされていない状態で、自分で言うのもなんですがずいぶんひどい状態だったはずです。人の目に触れないように屋敷の奥からほとんど出ることのなかった私を、クインがどこで知って、引き取ろうと思ったのか。彼は自分の妻にするから売ってくれ、と言って、私をロバルティ伯爵家に連れて行きました……貴族名鑑によれば、十四のときです。正式に結婚なんてできるはずがありません。ですけどどうやったのか、婚姻届を用意して、それを受理させたんです」

エゼルは思い出したようにぱっと顔を輝かせてレオンを見た。

「その書類を用意してくださったのが、ジョセフ様だったようです。先日、教えていただきました……クインの友人だった、と」

「ジョセフが？」

「はい。表立って会うことはなかったとおっしゃっていました。……私はまったく知らなかったのですが」

　表立って会えない理由。

　その理由は簡単だ。前王に目を付けられないためだろう。

　宰相であるアーベルは、冷静で仕事ができる男だった。前王も彼がいないと政の根本が立ち行かなくなるのがわかっていたから宰相の地位のまま、降格させることはなかった。アーベルがなるべく目立たないように心がけ、隙を見せないよう細心の注意をはらっていた成果でもある。

　できるだけ、他の貴族との付き合いを減らし、国を保《たも》つことだけを考えて、アーベルは前王のもとで必死に働いた。その息子のジョセフも同じだ。

　その彼らと仲がいいと知られたら、前王は放っておかなかっただろう。クインに、結婚した幼妻を見せろだとか、自分に貸し出せなどと勝手なことを言い出していたかもしれない。

　人のものを欲しがり、手に入れたら捨てるような者——それが前王で、レオンの父親だ。

　そうなりたくないと、レオンは必死だった。

　同じように見られたくないという恐怖心もある。

「そんなふうにして引き取られましたので……私はクインに、妹のように可愛がってもらったんです。それからは、幸せでした。クインと会ってからはあまりにも楽しいことしかしていなかったので、大変だった子供の頃のことは実はほとんど覚えていないんです」

だから誰を恨むでもない、とエゼルは笑うけれど、今こんなふうに笑えるようになるまでどれほどの努力が必要だったのか。

そして、クインという男はやはりいい男だったのだと、自分の見込みに間違いはなかったのだと満足した。

「ロバルティ伯爵家の皆は、クインとザックを筆頭に使用人の者たちまで、全員で私の面倒をみてくれて……何も知らなかった私に、自分で考えることの重要さも、きちんとごはんを食べることの大切さも、すべてを教えてくれました。だから私はクインとザックのためなら、どんなことでもすると決めていました」

「それで、白い結婚を……？」

「いいえ、本当はクインは結婚する必要はなかったんです。跡継ぎについては、養子をもらうことになっていましたから……なので、結婚も私のためということになりますね」

確かに、結婚してしまえばエゼルは実家であるアダムズ家とは縁が切れる。後からアダムズ家が何を言おうと、そう簡単にはエゼルに手を出せないだろう。

レオンはもうこの時点で、エゼルが噂されているような淫婦や悪女などではないと思っていた。悪女どころか、とても理性的で賢い。まるで悪女に見られるように演技していたかのようだ、と思っているとエゼルが続けた。

「クインは、私に自由を与えてくれるために結婚してくれたのです」

「自由？」

結婚するのが自由、というのがレオンには理解できなかった。

エゼルはレオンが困惑しているのがわかったのか、微笑んで頷いた。

「自由です。事実、今の私は――とても自由に見えるでしょう？」

確かに、エゼルは社交界で自由奔放だと噂されている。

夫がいながら愛人を迎え入れ、数々の男を渡り歩いてきたと言われるほどに。

だが、その愛人の存在の意味や、エゼルの過去を知った今では、彼女の言う自由の意味が違って見える。

「クインは――では、男女の関係になるつもりはなかったんだな？」

しつこいかもしれないと思ったが、レオンとしてはそこが気になってしまっていた。

エゼルは苦笑しながら、「クインの恋愛対象は同性だけだったので……」と教えてくれる。

「クインと結婚していたから、私は自由でした。彼からは、社交界で潰されないように、いろんなことを教えてもらいました。おかしな男にひっかからないように、うまくかわすやり方も」

なるほど、とレオンは納得した。

そのクインから教えられた男のあしらい方と、家や夫に縛られない生き方が、エゼルに悪女だの淫婦だのという噂が立った原因なのだろう。そしてエゼルもその噂を否定していなかったから更に拡散されたに違いない。

「つまり、演技をしていた、と言うんだな？」

「演技……そうですね。なんでも知っている、というふうな演技を、しています」

進行形で話すエゼルは、少し恥じらいを見せるような表情で、内緒話を打ち明けるように顔を寄せた。

「最初は……そんなつもりはなかったんです。社交界デビューをしたときに、他の方々が意地悪を――多分、クインと結婚した私への妬みとか、そんなものだったと思うんですが、私のことを何も知らない無知な子供、というふうに侮辱したんです。私も子供でしたので、つい、それに思うまま反論してしまって」

気づけば手管に長けた女、と言われ始めた、とエゼルは笑う。

「違うと言おうとも思ったんですが、クインも面白そうだからそのままにしておけば、などと言って、『エゼルには毎日満足させてもらっている』とか言いふらしてしまって……」

「嫌ではなかったのか」

「嫌、と思ったことは……あまり。自分の知識がどこまで通用するか試すのも楽しかったですし……私自身は何もしていないのに噂がどこまで広がるのか、見ているのも楽しくて」

あっけらかんと話すエゼルは本当に楽しそうに見えた。

つまり、この夫婦は年齢はまったく違うのに似た者同士、ということなのかもしれない。

いや、クインに育てられたから、そんなふうになったのか？

「私に関する噂は、あまり良くない噂が多いですが——本当の私のことは大事な人たちが知っているので、問題はありませんでしたし、一応夫としてクインがいるから他の誰かと恋愛をしたいとも思わなかったので、都合が良かったんです」

飄々《ひょうひょう》と言ってのけるエゼルに少し呆れながら、レオンはここまでの彼女の発言を思い返し、ふとあることに気づいた。

「……ならば、俺の相手など——したくなかっただろう？」

「無理だとは思いましたけど……断れる状況でもなかったですし」

王宮に連れて来られて、強制的にレオンと同じ部屋に押し込められたのだ。

王を相手に、伯爵夫人であるエゼルに何ができただろう。

このやり方はまるで、前王のようだ。

そう思うと、レオンは自分のしたことに吐き気がしてきた。自分は断罪されるべきなのではと考えていると、エゼルが呑気な声で続ける。

「それに知識だけはあったので、なんとかなるかな、と思いまして」

「知識……閨のか？　そんなに知っているのか？」

エゼルの話が確かなら、淫婦や悪女などと噂されるほど態度に知識が溢れていたのだろう。それこそレオンも、彼女と初めて会ったときは、男のことならなんでも知っている妖婦のように思ったものだ。

彼女の実家で夫婦に関する知識などを教えられた様子はないから、クインたちの教育の賜物《たまもの》というわけだ。

レオンも経験はないが、ある程度のことは知っている。本で読んだからだ。その本は、必要になるだろうから、と教育係が与えてくれた。幸いにも、これまで実践する機会はなかったが。

「クインとザックが教えてくれたんです……それこそ、普通の令嬢が知っていたら、はしたないと言われるようなことまで、事細かに。……その手の本も、軽い読み物から詳しい図解付きのものまで与えてくれました」

「な……っ!?」

「正しい知識がなければ、何かが起こったときに冷静に対処できないから、と」

お陰で、社交界の男たちをうまくかわしてこられました。

エゼルはからりと笑ってそう言った。

簡単に言っているが、そんなふうにあしらえるようになるまでには相当苦労しただろう。

レオンはしかし納得もした。ザックの性格を思い出せば、彼はそういったことを面白がって教えそうだと思ったからだ。ともあれ、その知識があったからエゼルは初日にレオンをあれだけ翻弄できたのだ。あの堂々とした淫婦ぶりは中々のものだった。

「……足でする方法も、本に書いてあったのか？」

エゼルもレオンと同じことを思い出したのか、一瞬で顔が真っ赤になった。

「あれは……！　ちょっと酔っ払っていたせいもあって……た、確かに、少々過激な内容の本もありましたけれど……」

「そんな本まで読んだのか？」

「……クインとザックが勧めてくれて……途中から、彼らは面白がっていたとしか思えませんでしたが」

そうなのだろう、とレオンも頷く。

エゼルは、悪女でも淫婦でもない。

クズのような家に生まれ落ち、ロバルティ伯爵に救われ、女性ひとりでは生きづらいこの貴族社会でも自由に生きていけるだけの知識を与えられた、賢い女性だった。

「……すまない」

考えるより先に言葉が出ていた。

言った後で自分でも驚いたが、エゼルも目を丸くしていた。

「何がですか？」

「彼を……クインを死なせてしまったのは……俺だ」

レオンの味方をしてくれたクインは、先の内乱で命を落とした。

つまりレオンが前王を斃《たお》そうと思わなければ——クインはまだ生きていたかもしれないのだ。

エゼルはレオンの言葉に目を見開いて驚いた後、真剣な顔で言った。

「——何故そのようなことを。陛下が兵を挙げて前王を斃し、虐政を止めてくれたこと、それを一番喜んでいるのは他でもないクインだと思います」

「だが」

「クインが自ら内乱に身を投じたのは、ロバルティ伯爵家も苦しい状況に陥ったからです。領民たちが苦しみ、やせ衰え、生きていくのが難しくなって……子供や女性を売るか生きるのをやめるか、と考えなければならないくらい追い詰められていたのです。でも、そうならなかった。――陛下が、前王に立ち向かってくださったから」

エゼルの言葉は、これまでにも誰かに聞いたことがある内容だったが、レオンの心には初めて響いた。

「クインが出征してからは、私が領地の管理をしていましたから、確かです。クインだけでなく誰もが納得して反乱軍に参加していました。陛下が勝てば、今の苦しみは終わると誰もが力を振り絞りました。そして乗り越えることができたのです。陛下に感謝こそすれ恨む者などロバルティ伯爵家にはひとりもおりません」

エゼルは断言してくれた。

にこりと笑う彼女の言葉に、レオンの心がどれほど軽くなっているか、おそらく彼女は気づいていない。

自分がしなければならないと決めて始めた、王位の簒奪だ。

振り上げた拳《こぶし》はちゃんと振り下ろす。最後までやり切るのだ、負けるわけにはいかないのだと、何が起ころうとも突き進んだ。

結果、目的は果たせたけれど後悔がないわけではない。いや、むしろ毎日執務に没頭して余計なことを考えなくて良いようにしていたいくらい、後悔や罪悪感は常にそこにあった。前王のようにならないように、と毎日気を張って執務をしている。

レオンが成したことを、誰もが祝福してくれていた。国民は英雄のように称えるし、残った貴族たちも喜んでいた。しかし王座に就いたことを祝福されて、レオンは複雑な気持ちになったのだ。彼らは、王座に向かって頭を下げているに過ぎない。それなら誰が王になっても変わらないのではないか。そんなふうに思ってしまうくらい、これまで耳にしてきた賛美はレオンの心を通り抜けるだけだった。

けれどエゼルの言葉は違った。彼女は確かに、レオンが成したことに感謝してくれている。王にではなくレオンに対して言ってくれている。なぜかそれがわかった。

彼女にこの気持ちがわかるだろうか。レオンは心が震えた気がした。

「……ありがとう」

レオンが何にお礼を言ったのか、エゼルはわかっていないようだった。

けれどそれで良かった。

領主教育をされた男と同じように物事を考えられ、領民を正しく導くことができる者。その上、柔らかな身体を持ち、男を惹きつける顔と甘い声でレオンを誘うこともできる。こんな女性が、他にいるだろうか。

レオンは、エゼルの身体を舐めるように見てしまっていた。

エゼルは確かに、知識を持っているのだろう。そう育てたクインを褒めるべきかどうか、レオンは悩んだ。

「……あの、包み隠さず話しましたが……それでもまだ私に？」

レオンが今何をしたいのか、視線で正しく理解したエゼルは、恥じらいを思い出したように身じろいで訊いてきたが、その様子にレオンは、彼女は淫婦というより小悪魔かもしれないと思った。

エゼルの過去の話を聞いても、彼女を望まない理由にはならなかった。

奔放だと思われていたエゼルが、実のところただの耳年増だった、という事実を知らされてレオンが興味をなくしたと思っているのか。

だが、無垢な身体に淫らな知識だけがあるのだと思うと、逆にたまらない。レオンの知らないことをもっと教えてほしいと思っている。その身体で。

「エゼル以外に、教えてほしいとは思わない」

「その……最後まで、できないかもしれませんが？」

それは、レオンを受け入れる言葉になっていると、エゼルは理解しているのだろうか。

「あれは、準備不足だったのだ。やはりもっと丹念に広げなければ挿《はい》らないのだろう」

「……その知識はお持ちだったのですか？」

「前に読んだ本には、よくほぐすように、と書かれてあった。ほぐすという言葉の真意を理解したのは、昨日が初めてだが」

「……なるほど」

エゼルは顔を赤くして困惑しているが、レオンはすでに手が伸びていた。それに気づいたエゼルは自分の胸を覆うように手を交差させる。

それが抵抗と呼べるのかわからなかったが、そんなことではレオンが止まるはずもない。

「やはり胸から……？」

「………なんだか、自分がすごく愚かになった気がしてきたのですけど」

どうしてそんなふうに思うのかはわからなかったが、拒否されたわけではないと解釈してレオンはエゼルの腕の間に自身の手を差し込み、胸の柔らかさを確かめるように摑んだ。

「……んっ」

柔らかい。そしてちょうどいい。

初めての夜、エゼルが正面からでは恥ずかしいと言ったが、その言葉はレオンを煽るためではなく、彼女の本心から出ていたのだと気づいた。

エゼルは、直視できないという様子でレオンから目を逸らす。その細い腕は勝手に弄るレオンの手を止めることもできず、かと言って隠しきることもできず中途半端に胸の上にある。

「……コルセットを、していないのか」

問いかけたわけではなく、思ったことがつい口から出てしまっただけだが、エゼルから答えが返ってきた。

「……あれ、は、締め付けられて苦しいので……ドレスのとき、だけで」

今日のエゼルの姿は、夜会用ドレスではない。白いブラウスに、タイトな黒いスカートという、どちらかといえば地味な格好だ。

「普段は、こういう、格好のほうが楽なので……んっ」

確かに、屋敷で寛いでいたところを攫うように連れ出したのはレオンだ。

しかしあのままエゼルと別れるなど、考えただけでも嫌だった。あれで終わりだと言われるのも納得できなかった。無理やりに王宮に連れ出したという状況は前と同じかもしれないが、今回は身の回りのものを用意する時間を与えたから、前回よりはマシだったと思いたい。

「そういうものか……」

王都に来てからというもの、レオンに近づいてくる女性は、皆一様に豪奢なドレスで飾り立てられていた。

辺境で暮らしていた頃は、周囲の女性たちはもっと簡素なドレスを着ていたものだ。そういえば母も堅苦しい服装をしていなかったと思い出す。

「あ、の……っ」

「ん？」

考え事をしていたせいで、無心で胸を揉んでしまっていた。その間にエゼルの顔は耳まで赤くなっていた。

「脱ぎます……？」

ちらりと一度だけ、視線をレオンに向けたその顔は、誘っているとしか思えなかった。もしかしたら本人にはその気がないのかもしれないが、これもクインの教育のせいだろうか。しかし質《たち》が悪い。

自分以外の者にこういう顔をしたら大変なことになる。

そう思いながらも、そういえばそれをかわす術も身に着けているのだったか、と思い出す。クインの教育はなるほど、素晴らしいものだと感嘆するしかない。

しかし男を誘う手管を身につけた処女など、無知なレオンの手に負えるのだろうか。初めて心配になってしまった。

「いや、脱がせたい」

はっきりと言ったレオンに、エゼルは目を瞬かせながらも、やはり抵抗はしなかった。

＊

どうしよう……。

エゼルは困っていた。

身体が熱いのだ。

それが嫌なわけではないことが恥ずかしくて困っていた。本で読んだというレオンは、エゼルよりは知識を持っていないはずだ。けれど知らないなりに、探るようにエゼルの身体を開いていく彼に翻弄されて、もはや手ほどきどころではなくなっていた。

自分で、と言ったレオンはその言葉通り、ブラウスのリボンをほどくところから自分で行った。小さなボタンのひとつひとつを大きな手で外していくところを見るのがこんなにも恥ずかしいなんて、どの本にも載っていなかった気がする。

スカートもあっさりと足から引き抜くと、エゼルに残されたのは生地の薄いシュミーズだけだ。

そしてやはり、レオンはうなじが好きなのかもしれない。

シュミーズの肩紐を外し、露わになった胸を好き勝手に弄っては顔を寄せて、その先を口に含んでいたが、彼の口はそのまま鎖骨に上がり、首筋を這うように舌を伸ばしている。

美味しくないのに、と思ったが、レオンは甘いものを啜《すす》るようにしゃぶって、片手で執拗にうなじをなぞる。

そうしておきながら、もう片方の手はしっかり胸に留まっているのだから、これで女性に慣れていないなど、もしかしたら嘘を吐かれているのではないかと疑ってしまった。

「ん、ん、ん……っ」

油断すると聞きたくない声を出してしまいそうで、エゼルは必死で唇を閉じるが、レオンが動くたびに起きる官能の波に身体が耐えられなくなってしまっている。

下へずらされたシュミーズは、邪魔だと言わんばかりにレオンの手によって足から引き抜かれた。

　そうなると、エゼルは腰ひもで止めた薄い絹の靴下と小さな下着でその身の一部を隠しているだけの姿になる。こんな格好なら、むしろ何も着ていないほうがましなのでは、と思うほど羞恥心が煽られる。

「……こうなっているのか」

　レオンの感心するような声がした。どうやら靴下を止めている腰ひもがどうしても気になっているようだ。

　そんなに気になるのだろうか、と不思議に思っていると、レオンの手は靴下ではなく下着に伸びた。

「ちょ……っ!?」

　慌てたところで体格の違うレオンに敵うはずがない。

　靴下だけの姿になってしまったエゼルは、必死で身体を隠そうと脚を擦り合わせて身を捩るが、レオンはしっかりと膝に手をかける。

「ちゃんと見たい」

「み……っ」

「エゼルに傷を負わせたくないからな」

「………っ！」

　そう言われると、エゼルが何も言えなくなるのをレオンは知っているのではないだろうか。確信犯、と罵りたいが、今口を開けてしまうと違う声が出そうで、手の甲を当てて耐えるしかない。

レオンの顔が、開かれたエゼルの秘所へ迷わず近づく。吐息がかかる距離までくると、指が襞を開くように割って入ってくる。

「ん、ん……っ」

濡れている、とエゼルにもわかった。

何も知らなかったはずのレオンは、今ではもうこなれた様子だ。元々器用で物覚えがいいのだろう。どうすればエゼルがより感じるのかを試すように、細かく執拗に指で探っていた。

「ンぁ……！」

「こうなっているのか……ここがいいんだな」

感心したように言わないでほしい。

初めの夜、エゼルの足に翻弄されていた姿を思い出させてやりたい。

そう思うと、身体が勝手に動いていた。自身のつま先を動かして、彼の、小陸下に足を伸ばす。そこを強く押すと、「う……っ」とレオンが呻いた。

身体を屈めてエゼルの秘所を真剣に見ていたレオンに恨めしいような目で睨まれて、いくらか溜飲が下がった。

「この……俺のこれを使うのは、まだ先だ。ここをほぐしてからだと言っただろう」

そう言ったレオンは、エゼルが見ている前で恥丘に顔を埋めた。

「――ひあぁっ」

まるで悲鳴のようだ、と思った。

けれど声を我慢できなかった。未知の感覚に身体が悶えるのを止められない。

レオンはエゼルの秘所に口をつけ、指の代わりに舌でそこを弄った。くちゅくちゅと音がするのは、エゼルが濡れているだけではなく、レオンが唾液を零しているからかもしれない。そんなふうに別の理由を考えないと、羞恥でどうにかなりそうなほど、エゼルはレオンの動きに翻弄されていた。

靴下の上から太腿を撫でる手がそっと触れるくらいの優しさでゆっくり上下に動いているのも、陰唇を弄る舌の荒々しさとは真逆で、混乱のあまりおかしくなりそうだった。だが彼は、無意識に逃げようとするエゼルの腰を摑み、動きを止めてしまっている。

快感をうまく逃がすことができず、知らず腰が浮く。抗わなければとどこかで考えるものの、思考は身体に伝わらず止めることができない。

「あ、あっ、あっ」

くちくちと、舌が蠢《うごめ》いて奥まで探り、エゼルは堪らずレオンの顔に手を伸ばした。

もう無理、と力を込めたかったけれどレオンの整えられていた髪を乱すくらいにしかならなかった。

「や――……っや、やめ、ら、それ、や、あ、あっ、あっああぁっ！」

じゅく、と強く吸い上げられて、もう我慢ができなかった。びくん、と腰が大きく跳ねて、エゼルはまた達した。

達することが、こんなに疲れるなんて。全速力で走ったときのように呼吸が苦しくなっていた。エゼルは胸も大きく上下しているほどなのに、レオンは気にせずゆっくりと秘所から顔を上げて指を潜り込ませていく。

ぬるり、とエゼルが感じたときには、知らないくらい深くまで受け入れていた。

「……ああ、これがほぐれたということか」

レオンは納得しているようだが、エゼルは納得したくない。

勝手に柔らかくなってしまったのだ。レオンに激しくされたせいで。

それが面白くなくて、レオンを睨もうとして、びく、と身体を震わせた。

「ぁんっ」

秘所に挿った指が、内側を撫でるように動いたからだ。

「……狭いな」

そう言いながらレオンの指はそこを広げるように、優しく、しかし明確な意図を持って蠢く。

「あ、あ、あっ」

エゼルはもう、苦しさのあまり声を殺すことができなかった。身体を襲う感覚に引きずられて、そこまで注意を向けられないのだ。

思い出したようにレオンのもう片方の手がエゼルの胸を包み、首筋に再び唇を這わす頃には、彼の指は二本に増えていた。

「ん、んぁ、あ、あぁぁ……」

おかしくなる……。

エゼルはレオンの背中に手を伸ばした。縋る先はそこしかなかった。

自分から引き寄せるようになってしまっていても、今のエゼルには、自分を翻弄するレオンにしがみ付いて与えられる愉悦の波を耐えることしかできない。

「ひあぁんっ」

一際高く声を上げて腰を揺らしてしまったエゼルに、レオンは何かに気づいたように一度手を止めた。

「……何か、融《と》けた、ような」

不思議そうな顔をしながら、エゼルを弄っていた指を見るレオンだが、おかしくなりそうなエゼルに対して冷静さを失くしていない彼の様子に怒りすら湧いてくる。

早くこの熱をどうにかしてほしいのに、と苛立ちをぶつけたかった。けれど出てきた言葉は甘えるような声にしかならない。

「へ、ぃか、陛、下ぁ……」

「今、か？　いいのか？　これでいいのか？」

何かを確かめるようにレオンが呟いているが、エゼルは言える言葉が見つからない。

開いた脚の間にレオンの腰が割り込んで来るのを、止めることもできない。

ぬ、と指ではない塊が秘所に触れ、陰唇を割った。

「陛下ぁ……」

「――っ、エゼル！」

レオンの指が花芯を刺激した瞬間に、ぬるり、と硬くなった性器が奥に進んだ。

一度受け入れたときのあの苦しみと痛みが嘘のように、エゼルはレオンを受け入れていた。びっくりしていると、レオンのほうも驚いた顔をしていた。

「……痛くはないか？」

「……だい、じょうぶ……です」

エゼルが答えると、レオンがまた少し奥へ進む。

「……っや、まだ……!?」

みっちりと、エゼルの膣内がレオンを包んでいるのに、なおもその先に進もうとするレオンに狼狽えてしまう。

「……まだ半分ほど残っているが」

うそ、とエゼルは声にならない悲鳴を上げた。

もう充分、苦しいくらい受け入れている。それでも、半分ではレオンも納得できないのだろう。

それがなんだか腹立たしくて、エゼルは恨めしい目でレオンを見上げた。

「……小陛下が小陛下じゃない……」

「……っ、お前は！」

「あぁっ！」

エゼルの悪態に、レオンがぐっと腰を押し込み、一息に最奥を突いた。

熱い、と感じたのは苦しさからかもしれない。

「う……っ」

何故か、レオンも苦しそうだった。だが身動きはできないようで、そのままじっとしている。

「……陛下」

思わず手を伸ばすと、レオンはちゃんと受け取った。手を摑むのではなく、指を絡める。その仕草は思ったよりも親密だと感じ、顔が熱くなった。

レオンはエゼルのそんな表情を見下ろしながら、エゼルと同じくらい熱い視線で訴える。

「……名前を」

「……え？」

「エゼル、名前で呼んでくれ」

名前、と言われてなんのことか一瞬わからなかったものの、レオンの名前は確かに「陛下」ではない。

強請られることが何故か嬉しくて、エゼルは胸が熱くなった。身体が繋がったとき以上に、動悸が激しくなる。

ぎゅうっとレオンの手を握りながら、エゼルはレオンに応えた。

「……レオン様」

「――っ！」

エゼルが呼んだ瞬間、動かなかったレオンの腰がびくりと揺れた。

そして、爆ぜた。

「…………」

「…………」

身体の奥が熱い。

つまり、そういうことだ、とエゼルは理解したが、レオンは無言だった。

そのまま倒れ込み、胸元に顔を埋められたが、エゼルは何を言っていいのかわからなかった。

初めてみたいなものですから、とか、慣れてないのですから、とか、何を言ってもレオンを傷つけそうで躊躇われる。

もう童貞ではないですね、と祝ってあげるのはどうだろうか、と考えたところで、レオンの腰が揺れた。

「ん……っ？」

なんで、と思ったのは引き抜かれたからではなく、濡れた膣内でもう一度硬さを取り戻したそれが前後に動いたからだ。

「……へ、陛下？」

「レオンだ……一度で終わりにするなどと、誰が言った？」

レオンは名前の呼び方を細かく指摘しながら、不遜な口調で身体を起こし、エゼルを見下ろした。

そこにあった表情は何かを誤魔化すために、怒りも混ざっている気がしたが、エゼルが悪いわけではないはずだ。

無理、と首を振ったが、この状況を支配しているのは残念ながらエゼルではない。

「だ……だめです、へい……レオン様、もう……っもう無理ですからっ」

「無理ではない。まだできるし、こうすると……すぐに硬くなるだろう」

「そこで擦らな……っんん！　そう、では、なく！　最初からそんなにすると……！」

「問題なくできる。俺の体力が続くことを、証明しなければ」

剣も使うレオンに体力があるのは明らかだ。

だがおそらく、証明したいのは体力ではないのだろう。

「手ほどきはこのとおり順調なんだ……ならば社交もやってやろうじゃないか。エゼルが側にいるのなら、やってやらないこともない」

「それは……っもう、おひとり、ん、でもっ」

「……ひとりでいると、有象無象に言い寄られるから嫌だ」

子供の様に拗ねた声を上げながら、その腰遣いは子供とはほど遠い。

一度ほぐれたエゼルの中は、もう充分レオンを受け入れてしまっていた。

「一緒にいるだろう？　……いるよな？」

とん、とん、と優しい動きで最奥を突かれる。

いったいどこでそんな動きを覚えたのか。

誰が教えたのか。

エゼルは器用過ぎるレオンが恨めしくて、目尻に溜まった涙を拭うこともできず睨んだ。

「そ、そん、な……っぁ」

「エゼル？」

「……っわ、わか、わかりました、からぁ……っそれ、やめ、ぁん！」

レオンがまた胸を包んで、思うまま形を変え始める。

その刺激が内側に広がって、エゼルはますますおかしくなりそうだった。

本に書かれてあったように、自分の身体が制御できなくなるという状況は、想像以上に苦しい。

こんなはずではなかった、とエゼルは後悔した。

「レオン様ぁ……っ」

「……っその、声は、誘っているんだな」

誘っていません、と言うエゼルの声は、レオンの唇に塞がれた。

手ほどきはなんとか成功したようだったが、夜はまだ終わりそうにないとエゼルはすでに違う意味で泣きそうだった。

# 6章

社交界というものは面倒だなと、レオンは改めて思った。

国の運営はいい。やることが決まっていて、わかりやすい。敵味方もはっきりしていて、動きが取りやすいのだ。

けれど建前だらけの、本音がどこにあるのかわからない貴族たちの集まりは、本当に面倒くさいと感じる。

けれど、エゼルはこういったことに本当に慣れているのだろう。

所用があって執務室からの移動中、中庭に面した回廊に差しかかると、軽やかな笑い声が聞こえてきた。

思わず足を止めたのは、それが楽しそうな女性たちの集いだったからではない。その中に、エゼルの声があったからだ。

庭園は許可を取れば貴族や王宮に来た者たちに開放している。東屋《あずまや》やテラスを使って、小規模なお茶会などを開くのは社交界では一般的なようだった。

集まって何をするのか興味もないし、身近な生活範囲の中にそういったことがなかったレオンにはさっぱりわからないが、社交を重要視する貴族たちには必要不可欠なことだと理解はしている。

だから許可をしているのだし、エゼルが自宅のロバルティィ侯爵邸に戻らずここでお茶会を開いてくれているのは、自分の側にいるためだとわかっているから、少し胸が温かくなった。

今日は若い女性たちとの集いのようだ。

誰といるのかまでわかる距離ではないが、エゼルの後ろ姿は座っていてもわかる。ひとりだけ黒いドレスを着ているからというのもあるが、遠く離れていてもその声を聞き分けてしまうのだ。大声で話しているわけではないのに、エゼルが楽しそうだということがわかる。

悪女などと噂されているはずだが、エゼルはどうしてか貴族令嬢や一定の貴族たちからの評判がよく、普通の付き合いをしているらしい。彼女の交友範囲はレオンも把握していないが、嫌っている数と慕っている数は同じくらいではないかと推測する。

エゼルの話からすると、エゼルは周りに合わせるように、自分の評判通りに演技をしているようだが、無理をしているわけではないとレオンも知っている。知り合いが多いのも、エゼルが望んでのことなのだろう。

そんな彼女だから、レオンの側近たちもエゼルとともに社交パーティに出席することに文句はないようだ。

エゼルが隣にいると、下心を隠しもしない令嬢たちがむやみに近づいてこないから、相手をしなくて済む。

ときどき、本当のエゼルを知らない者たちが言葉巧みにエゼルを貶め、レオンから引き離そうとすることもあったが、エゼルはそういったことにも慣れているのか、笑顔のままうまくかわしてずっとレオンの側にいてくれた。

今、社交界では、エゼルはレオンの一時の愛人と評されているようだ。

つまりエゼルは正妃にはならないとみなされていて、レオンへの求婚の数は減っていない。エゼルと社交することによって、残虐なだけではないと気づいた者たちが更に増えた気もする。

悪女などと言われるエゼルに構っていると、レオンが身を滅ぼすのではないかと、心配してくる声もある。戯れであったとしても、もっと良い者を紹介する、と言ってくる者まで出てくる始末だ。

正直なところ、そんなものはどうでも良かった。

エゼルのお陰で女性のことをいろいろと知ることができたと思うが、そもそも知りたいと思ったのはエゼルだからだ。

エゼルに対してもっといろいろしたいと思うことはあっても、他の女性に同じことをしたいとは思わない。

どうしてそう思うのか、自分でも不思議だった。

エゼルに構い過ぎていると言って最初に心配してきたのは、従弟でもあり護衛でもあるニコラスだ。

そもそもこの男がエゼルを連れてきたというのに、どうにかして引き離そうとしているのだからおかしな話だ。

もう慣れただろうから他の女性も試してみなくては、などと言葉を重ねられても、まったくレオンには響かない。今も護衛としてついてきているが、後ろで舌打ちを隠さない様子に呆れてしまう。

レオンが足を止めたのは、向こうにエゼルがいるからだと気づいたのだろう。

他に若く、麗しい女性がいたとしても――実際に見た目だけは華やかな女性はいるが――レオンの意識はエゼルに向かうのだ。

あれから毎夜エゼルを抱いているからかもしれない。

もしかして、これが耽溺《たんでき》するということだろうか、と思うものの、やめることなどできないし、やめようとも思わない。

毎夜愛らしく受け入れ、たまに反撃してくるエゼルが、可愛くて堪らない。

「レオン様！　いい加減に目をお覚ましください！」

「――うるさいぞ、ニコラス。声を荒らげなくても聞こえている」

エゼルから目を離さないレオンに、ニコラスはとうとう苛立ちを抑えられなくなったのか叫んでくる。最近はまるで小姑のように、暇さえあればエゼルがどれだけ良くない女性

なのか、ねちねちと小言を言うようになった。エゼルのことはニコラスよりも自分のほうがよっぽど知っている。けれどこの状況になっても、エゼルは自分の噂を改めようとしない。だからレオンもそれを尊重しているのだった。

まだ見足りなかったが、レオンは仕事を思い出し、エゼルに背を向けて歩き出した。仕事、と言っているが正直頭の中は、今日の彼女との閨事でいっぱいだ。

エゼルほどではないが、レオンも一般的な知識は持ち合わせていた。それこそ跡継ぎを作るべき立場であるのだから当然だが。

レオンの読んだ本には、一通りの手順、成すべき事項などが簡単に載っていただけだが、実際にこちらが身悶えするような肢体を前にしたとき、どう思うかなどは書かれていなかった。あんな興奮を、レオンは知らなかった。

これまで女性を知らなかったからだろうかとも思ったが、では他の女性で確かめようという気にはならなかった。レオンはエゼルで満足しているし、いや、毎夜を過ごしてもまだ彼女が足りないと思う。

そんなふうに過ごしているから、ニコラスの毎度の苦言が煩わしくてならない。

だが放っておくと、ニコラスは勝手にエゼルに直接向かって行きそうなので、後宮にいるエゼルには会わせないよう他の使用人たちに厳命した。ニコラスがいかにレオンと親しくても、王であるレオンの命令が優先される。

それもあってニコラスはしつこく繰り返すのだ。

「あの女は駄目です、本当に！　くそ、こんなことなら淫婦など勧めるのではなかった！」

資料を求めて立ち寄った書庫では他の者の目がないと思ってか、ニコラスは思うまま悪態を吐く。しかしレオンも黙ってはいられない。

「エゼルは淫婦ではない。ニコラス、いい加減にしないと護衛から外すぞ」

「レオン様は騙されているんです！　初心《うぶ》なレオン様をあの女は……！」

確かに、レオンは初心だったのだろう。

それまで女性に触られることも嫌だったし、触ることもできなかったのだから。

しかしエゼルを知った。

もう怖いものなど何もない。

「レオン様はもうご結婚なさらないと駄目なんですよ！　あんな女に構って遊んでいる場合ではないんです」

困ったのは、エゼルを勧めた他の側近たちも、次第に同じようなことを口にし始めたことだ。

ニコラスの父でありレオンの伯父でもあるクリスト辺境伯を筆頭に、結婚相手として他の女性を勧めてくるようになった。特に、一番王妃に近いと言われるようになったのが、レオンも妹のように可愛がっていたニコラスの妹のアネットだ。

淑女教育も万全で、先ごろ王都にやってきて社交界デビューも果たし、評判もいいらしい。

「にいさま」と自分の後を付いて回っていた少女がそんなに大きくなったのかと感慨深いものはあったが、それだけだ。

〝妹〟に手を出すつもりなどない。

他の女性も然《しか》りだ。

いい加減、うるさいニコラスを書庫から放り出そうかなと思っていると、いつからそこにいたのか、ジョセフがひょっこりと顔を出して割り込んできた。

「――されればいいのでは、ご結婚を」

驚いたものの、レオンはそうかと気づき足を止めた。

「結婚か……なるほど」

頷くと、ニコラスも喜びに顔を輝かせた。

「ようやく前向きになってくださいましたか、レオン様！　ではさっそくお相手の選別を……！」

「結婚すればいいんだな、エゼルと」

ニコラスは喜んだのも束の間、レオンから何かおかしな言葉が聞こえてきた気がするというように顔を顰めた。

しばらくしてその言葉を正しく理解すると、これまで見たこともないおかしな顔になっていた。

＊

冗談ではない、とニコラスはその場で怒鳴り散らしたかった。

実際、怒鳴ってしまった気がする。

レオン相手にだ。

国王になった後は、レオンに対して礼儀正しく接するようにしていたが、気心の知れた幼馴染であるために、心の距離感は変わっていない。

むしろ近しいからこそ、はっきりと言わねばならないときがあると思っている。

「――で、結局どうなんだ、あの娘は」

父であるクリスト辺境伯がため息を吐くように言ったのは、レオンが問題発言をして、それを撤回しないせいだ。

結婚を決めたのはいい。

しかし相手が問題だ。

よりによって、あんな娼婦と！　問題外だ。

今、他の側近たちとレオン抜きで集まって話し合いをしているが、全員が困った、と頭を抱えていた。

あの毒婦がレオンを騙しているのだ。

結婚の件も、エゼルが強請ったに違いない。

「どうもこうも……やはり噂は正しかったようです。あの女は毒婦そのもの――あっさりとレオン様を篭絡《ろうらく》し、今や王妃気取りでやりたい放題しております」

苛立ちを隠そうともせず、ニコラスは説明した。

エゼルは今、パーティの采配をしたり庭園でお茶会を開いて人を招くなど、まるで王妃になったかのように振る舞っている。

レオンが許可を出したと言っているが、エゼルがレオンに強請って無理やり許可を出させたに違いない。

社交嫌いなレオンを社交の場に連れ出してくれるのはいい。ありがたい。しかしレオンの側にずっとエゼルがいるのでは意味がないのだ。

レオンはあれから何度か貴族の集まりに顔を出していたが、誰とも衝突することなくそつなくこなしていた。レオンを蔑んでいた貴族たちも態度を改めているようだ。やはり彼は、王になるために生まれてきたのだ。

そのレオンが、エゼルを側に置き続けているために、淫婦に骨抜きにされた王、などと噂され始めている。そんなことは、ここにいる誰も望んでいなかった。

レオンはこれまで通り、政務は滞りなくこなしているが、空いた時間はずっとエゼルにくっついている。そしてエゼルが求めるものをすべて与えようとしているのだ。

そういえば先日も、レオンと移動中、中庭に面した回廊に差しかかった際、エゼルが若い女性たちを集めてお茶会を開いているのを見かけた。あんな女の周りに妙齢の女性たちが集うのも不思議に思ったが、レオンの存在を笠に着て支配下に置こうとしている可能性がある。参加者はよく見ていないからわからなかったが、彼女らに注意喚起をしておいたほうがよかったかもしれない。エゼルと一緒にいると、同じような女だと思われると。

けれど楽しそうに笑っていたエゼルの顔が、なぜか頭から離れない。

「未亡人である彼女なら、あとくされがなくちょうど良いと思ったが……」

「左様。これほどのめり込むとは……」

「やはり、手練《てだ》れ過ぎたのではないか……慣れない陛下には劇薬だったのでは」

集まった者たちが、それぞれ心配そうに口にする。

早急に引き離さなければならないのに、肝心のレオンが聞く耳を持たない。

一番恐れていたことだった。

毒婦にのめり込むなど……。

「早く、レオン様に目を覚ましていただかなくては……！」

ニコラスはそう意気込んだが、それを止めたのはこれまで議論に加わらず見守っているだけだった宰相のアーベルだった。

「あまり強制するのもどうかと思うが」

「――なんですって、宰相？」

この場にいる全員が彼のことを信用しているが、誰もがその発言の意味を理解しかねた。

アーベルは視線を集めながらも落ち着いた態度で話す。

「急ぐ必要があったとはいえ、あのように突然陛下に彼女を押し付けたのはこちらの都合。そして彼女に慣れたからといって、またこちらの都合で急に取り上げるのも陛下に対して失礼だろう」

「しかしこのままでは――」

「陛下も道理のわからない子供ではない。自分のことは自分で決められる分別《ふんべつ》は持っておられる。その上で陛下が決断したことなら――黙って従うのが我々臣下の務めでもあるのではないか？」

その言葉は、レオンがエゼルを選んでも受け入れる、というものだった。聞き間違いではない、というようにアーベルが続ける。

「我々がしなければならないのは、陛下が選んだ女性を後宮から追い出す相談ではなく、陛下が選んだ女性に悪い噂があるのならそれを払しょくする根回しだと思うが」

ニコラスは、アーベルが何を言っているのかすぐにはわからなかった。

ややして、言葉の意味を理解して一瞬で気持ちが昂った。

「そんなことが許されるはずがない！　レオン様は――レオン様は、この国の正しき王として、この国を導く素晴らしい王だ！　あのような女を隣に据えるなど、この先の王家にとっても大問題だ！」

思うままに叫んでしまったが、ニコラスは自分が間違ったことを言ったとは思わない。

アーベルが相手であっても後悔はしていない。

「落ち着け、ニコラス」

「落ち着いています！」

父に窘められるが、興奮したまま言い返した。

その後で、さすがに目上の宰相相手に言い過ぎたと、どうにか感情を落ち着かせる。

何度か深く息をして、集まった面々が、どうしたものか、何をするべきか、などと話し合っているのを耳にしながら、必死に頭を働かせた。

どうすれば、レオンはエゼルを諦めるのか――。

そしてニコラスは思いついた。

「――では、あの女に他の相手を勧めるのはどうでしょう」

「他の相手？」

「あの女は未亡人――現在独り身であるからレオン様もお側に置こうという選択肢が生まれるわけです。他に相手を見つけてやれば、レオン様も諦めるはず……確かロバルティ伯爵家はそろそろ正式に代替わりする予定です。あの女を望む者は多いようですから……レオン様が引き受ける責任などないでしょう」

元伯爵夫人として資産を持つエゼルを欲しがる者は多いだろう。

エゼルが別の男性との結婚を決めてしまえば、レオンもさすがに諦めるに違いない。今はのめり込んでいても、気持ちの移ろいやすい女だということに気づけば興味を失うはずだ。

「そんなに簡単に相手が見つかるようなら、彼女も今まで社交界で遊び歩いてはいないだろう」

「そうだ、陛下以上の相手となると、難しいのではないか」

「簡単に陛下から離れるとも思えん」

ニコラスはその心配の声にも自信を持って頷いた。

「それは、大丈夫です。私が絶対にレオン様から引き離してみせます」

エゼルは淫婦だ。男を簡単に惑わす容姿をしているのも、結婚相手を欲しているからだろう。

レオンより素晴らしい相手はそうそう見つかるはずはないが、元々が男から男へ遊び歩くような女。他の相手を近づければ、すぐに手を伸ばすだろう。そうなれば、レオンも目を覚ますに違いない。

妖艶さを隠しもしない視線と、男なら一度は腕に抱きたいと思わせる肢体。……それに先日のお茶会で見た、屈託のない笑顔。

あの笑顔は、どこにでもいる普通の貴婦人のようだった。

けれど誰よりも目を引いた。

あんな顔もするのか……とニコラスは初めて知った。

「私が、責任を持って——必ず」

ニコラスはその場にいる全員に宣言した。

レオンをこれ以上あの毒婦のもとにいさせてはならないのだ。

＊

あり得ないわ。

エゼルは最近の状況に馴染んでしまっていることに慄《おのの》いた。

レオンはエゼルに従うようにほとんどすべての社交パーティーに出席していた。

エゼルが誘われたものから、レオンが誘われたものまで場所を選ばずだ。

慣れたのだと思うと、いいことだとエゼルも思う。

この国の王である限り、そして貴族をまとめる立場にある限り、社交界を制すのは重要なことだ。

元々畏怖すら感じるほどの堂々たる男ぶりで、そこから刺々しさを取ってしまえば落ち着きのある頼れる紳士になるのは当然だった。レオンを軽視する貴族たちにも如才なく会話する力を見せつければ、田舎者、成り上がりの王などと陰口をたたく者は少なくなった。

快活で気さく、そして見目麗しい若き王だ。

見た目と地位だけを目当てにしていた令嬢たちだけではない、格式を重んじる家の者たちもレオンを見る目を改め始めていた。

元々地方貴族たちの多くは、レオンとともに蜂起《ほうき》したため、直接レオンの人となりを知っている。だがそれ以外の貴族たちも、レオンが残虐で野蛮な王ではないと理解し始めたのだ。

成り上がり者などと大っぴらに見下す者はもうこの国の社交界にはいないだろう。

それくらい、レオンが人心を掌握《しょうあく》するのは早かった。

これも、彼の持つ王の資質のひとつなのだろうかとエゼルは思う。

知らない者たちにむやみに近づかれるのが嫌だ、と言っていたレオンも、常にエゼルと居れば相手が一歩引くとわかったのか、どこへ行くにもエゼルから離れない。

もうそろそろエゼルは必要ないのでは、と思うが、レオンはいつまでもエゼルを放さない。

それだけでなく、エゼルを見下し、レオンに助言する態度で苦言を言う者はレオンが冷ややかな目で見るようになり、表立ってエゼルを批判する者が少なくなった。

お陰で最近では、王さえも陥落させた稀代の淫婦とも言われ始め、エゼルの評判はますます下がっている。いや、単純に下がっているとも言い切れないのだが。

つまり、レオンさえ夢中にさせるほどの手管を持った女として、更に注目を集めてしまっているのだ。

レオンがいないときには、以前よりも誘われることが増えた。慣れているのですべてかわしているけれど、だんだんと執拗になってきている。

誰もが、レオンがエゼルを結婚相手に考えているとは思っていないのだ。

ただの遊びだと思っているからこそ、エゼルに手を伸ばそうとする。

そうすると、何故かレオンもますますエゼルに固執し、レオンはエゼルを王妃に迎えるつもりなのではないか、という噂が次第に出回り始めるようになった。

それはあり得ない、と誰よりもエゼル自身がそう思っている。

実際は白い結婚だったとはいえ、エゼルはクインと結婚していた身だ。すでに夫は亡くなっているが、結婚歴のある者が王の伴侶になれるはずがない。精々側妃がいいところだ。

とはいえ、どこの夜会に出席しても、その後レオンはエゼルを後宮に連れ帰るものだから、おかしな噂が立ってしまうのだろう。

それはエゼルも悪いのかもしれない。

身体を重ねるたびに、レオンはこなれていく。女の身体に詳しくなっていく。

初めは、繋がることに痛みを覚えていたエゼルだったが、一度受け入れることに慣れて、身体が気持ちいいことを知ってしまうと、エゼル自身も貪欲にそれを求めてしまっている。

比喩《ひゆ》ではなく、全身を舐めるように愛撫され、あまりの恥ずかしさにどうにかなりそうなのに、次の瞬間にはそれを待っているのだ。

そして、くたくたになるまで抱かれた後で、後ろから抱きしめられるようにして同じ寝台で眠る。

まるで逃げないように捕まえられている気分――。

エゼルはそう思うけれど、心地良く脱力した身体が逞しい腕や胸の中に収まることは嫌ではない。

　そんな自分の感情の変化や、この生活に慣れてしまっていることに、エゼルは改めて気づいて狼狽えたのだ。

　その日も、レオンにぎゅっと抱き寄せられ、程よい疲労感の中で眠りかけたときだった。

　レオンが後ろからエゼルの手を取って、手慰みのように指や掌《てのひら》を撫でながら呟いた。

「……エゼルは、友人が多いのだな」

「……はい？」

　なんのことだろう、とエゼルは閉じかけていた目を開いて、後ろに意識を向けた。

「先日も庭で集まっていただろう」

「ああ……」

　言われて、エゼルは思い出す。

　社交界で悪女などと噂され、評判の良くないエゼルだが、何故か若い女性には人気で――というより、憧れられているようなのだ。

　それはエゼルが様々な知識を持っているせいだった。

　何しろ、クインとザックという破天荒な指導者のお陰で無駄に知識だけは詰め込まれたエゼルだ。ある既婚女性から閨事について相談されたとき、深く考えずに「こうしてみては？」と言ったところ、その女性は夫との営みが劇的に改善したようだった。そのことに感謝され、同じように悩みを抱える他の女性を紹介され、いつしかエゼルは閨事に非常に詳しい人、ということになっていたのだ。

その後、結婚前の若い娘たちからも相談を持ち掛けられるようになり、様々な助言をした。それが的確だったものだから深く感謝され、以降も同じようなことが続き、一部の者からエゼルは神のごとく崇拝されるようになっていた。

エゼルが思っていた以上に、男女のこと――多くは閨に関することで不安を持つ者は多かった。

相談はそれだけではなかった。独特の趣味や嗜好を持つ者からの悩み相談などもあり、多岐にわたったが、エゼルはどんな相談も相手を否定せずに受け入れて答えに導いた。それに加えて、同じ仲間を見つける場を設ける活動もするようになった。

それは小さな夜会だったり、昼間のお茶会だったりするのだが、そのほとんどはロバルティ伯爵家の離れを使って行っていた。

秘密も守れるし、王都の中心から少し離れた場所にあるお陰で人目を避けて集まりやすい。

けれど今エゼルが住んでいるのは王宮――しかも王の私室である後宮だ。ロバルティ伯爵家が使えなくて皆困っているだろう。そう思い、レオンにお茶会を開きたい、とお願いしたら許可をもらえたので、遠慮なく宮殿の庭の隅を借りて人を集めていた。

その日も、とある特殊な趣味嗜好に悩む令嬢たちの集まりがあったのだが、レオンはそれを見たのだろう。

「ええ、友人、と言うのも少し違うのですが……同じような趣味や悩みを持つ方々が集まりやすい場を設けているのです」

「趣味や悩み……そうか。詩や音楽が好きだとか、それがうまくできないとか、そういう者たちだな？」

……というのとは違う気がする。

エゼルはそう思ったけれど、あまり厳密に教える必要もないだろうと曖昧に頷いた。

「ええまぁ……似たようなものです」

「エゼルも好きなのか？」

率直な質問に、エゼルは素直に頷けない。

特に、この手の悩みの内容は、簡単に話せることではないし、異性の理解を得るのも難しいものなのだ。

まさか異性と異性が絡み合うことに興奮する――なんてご令嬢がいると知ったら……。

エゼルは肩越しにちらり、とレオンを振り返り、無理よね、とすぐに諦めて、「私は場を設けているだけです」と答えた。

「エゼルは好きでもないものに参加をしているのか？」

「他人の嗜好ですから、好きも嫌いもありません。ただ、いろんな方がいる、というのを私は知っているので――」

「知っているだけか？」

確かめられて、エゼルはむっとして後ろを睨み付ける。

「――私が知識しか持っていないのは、レオン様が一番ご存じでしょう」

その知識を初めて実践で使った相手が、他でもないレオンなのだ。

そのときふと、レオンの手がエゼルの手から離れ、布団に隠れた身体に触れた。

「あ……っ」

「……そうだな。ここに、触れたのは俺が一番初めだった」

エゼルの中心はまだ濡れていて、レオンの指がそれを確かめるようにもう一度そこに触れた。閉じた脚を開くように触れ、うなじにまた唇を這わせる。

「ん、ぁ……っも、もう、今日は……っ」

すでに二度果てた後だった。

けれどお尻のあたりに押し付けられる塊がどんな状態になっているかなどエゼルにもすぐにわかる。

這ってでも逃げようとするエゼルだが、レオンが逃がすはずもなく、身体を持ち上げてくるりと回転させると、脚を開かせて自分の腰を跨《また》がせるようにした。

レオンにのしかかるようになってしまったエゼルは、慌ててその硬い胸板に手を置いて離れようとするものの、レオンの大きな手が腰を摑んで放さない。

「あ、の……っん！」

思わず腰が浮いたのは、レオンの性器がエゼルの秘所を撫でたからだ。レオンが下から突き上げるようにして腰を蠢かしたのだ。

「こ、こんな、格好は……！」

「この体位は、なんと言うのだったか？」

「……っ！」

無知な顔をしてエゼルを辱めるレオンが憎らしい。

エゼルは赤い顔のままレオンを睨むが、あっという間にもう一度レオンに貫かれた。エゼルが上にいるというのに、レオンの好きなようにされてしまっている。

「あああぁっ」

「――っう、これ、も、すごいな……」

簡単にエゼルの最奥まで突き上げたレオンが吐息と一緒に呟くが、エゼルにしてみれば、すごいどころではない。

いつの間にか、こんなにもレオンを受け入れてしまっている。

身体の中がレオンの形を覚えて、どこを突かれればいいのかすらも覚えていた。

レオンに腰を支えられながら、エゼルは知らず自分の腰を揺らしていた。

「ん、んぁ、あ」

逞しい腹筋に手をついても、レオンはびくともしない。

髪を乱して悶えてしまう自分はなんて見苦しいのだろうと、どこか冷静な自分がエゼルを嗤っている気がする。けれど同じようにレオンも乱れてほしくて、エゼルはもっと強請ってしまうのだ。

「そんなふうに……すると、我慢ができないんだが」

「ん……が、我慢、なんて、できないくせ、んぁああ！」

指摘すると、レオンはそのとおり勢いよく下から突き上げた。

レオンはエゼルが逃げないように、しっかりと腰を摑んだまま、何度も突き上げる。

「そのとおり、だ……っ俺は、我慢なんて、習ってないからな……！」

「あ、あ、あぁあっ」

激しく揺さぶられながら、エゼルは見上げてくるレオンの視線に囚われていた。

エゼルが悶え、狂う様を余すところなく脳裏に刻み込もうとするかのような強い瞳に、心の奥すら暴かれて、なんとも言えない落ち着かなさに逃げ出したくなる。

けれど本気で逃げたいとは思わないのだ。

恥ずかしいのに、レオンに見られていることが堪らなくなるのだ。

心が締め付けられて、苦しいくらいなのにそれが心地いい。そんな感情が自分にあったのかと、エゼルは驚いた。

自分のことはわかっていると思っていたのに、レオンと一緒にいると知りたくなかった自分まで知ってしまう。

怖い、と思うのはおかしなことではないはずだ。

なのにエゼルは逃げ出しもせず、この暮らしに身をゆだねて流されている。

これでいいの——？

エゼルはふとそんなことを考えてしまった。

けれどレオンの声が、エゼルを現実に引き戻す。

「エゼル……もう少し、屈め」

「あ、あっ、ん？」

「このまま、この乳房をしゃぶりたい……！」

「………っ！」

間違いなく、レオンはエゼルが教えること以上のことを自ら考えて実践している。

エゼルの身体はそんなレオンに勝手に従うようになってしまった。

上体を傾けて、このままレオンに胸を舐められることを期待までしている。

私はそんな人間だったかしら？

けれど、レオンと同じ場所に堕ちるのだと思えば悪い気はしなかった。

「あ、あ、ああぁ、っちゃ、う、レオン様ぁ……っ」

レオンとなら、どこへでも堕ちてみたい。

快楽に身体が慣れてしまって、もっともっとと更に溺れてしまっても、ひとりではない。

エゼルは自分の身体がこんなにも弱いことを改めて知った。

けれど、甘く曖昧な状況にいつまでも浸っていられないとわかるのは、それからすぐのことだった。

# 7章

「け……っこん？」

「そうだ」

エゼルが呆けたようになっているのに、レオンは相変わらず威厳たっぷりの堂々とした態度を崩さなかった。

それは、夜会で当然のようにレオンに腰を抱かれることに慣れた頃のことだった。あまりにレオンの側にいるために周囲の噂はすぐにはエゼルに届かなくなった。それでもエゼルがなんと言われているのか、レオンがどういうふうに見られているかは、視線や雰囲気でわかる。

エゼルが側にいることで、レオンの評判もあまり良くないものになっているのでは、と思っていた。エゼルには一般的には良い噂がない。よく思ってくれる者もいるが、噂になるのは悪いことばかりだ。しかしレオンはまったく気にすることなく、エゼルから離れようとしなかった。あまりに堂々としていて、直接諫める者もいなくなったほどだ。

けれどエゼルは、レオンの夜伽の相手として、女に慣れさせるためだけに呼ばれた者だ。

レオンが側近たちから何かを言われていないはずがない。

いつかは離れるのだろう――そう思ってはいる。ただ、そのいつかは本当にいつかで、エゼル自身も甘いことだとわかっていたが、まだレオンもエゼルの身体に飽きていないようだから自分から言いだすことができなかった。まさかレオンと結婚できるなど愚かなことは考えたこともなかった。

けれどレオンはある朝、後宮から執務室に向かう前に、ふと思い出したというふうに、先ほどの言葉を口にしたのだ。

「側近たちが結婚しろとうるさいからな。俺としてもしないわけにはいかないとわかっている。ならばそなたとする、と決めた」

「は……え？　ちょ……ぉと!?　ええ？」

エゼルは自分が混乱しているのがよくわかった。

当然のことを報告するように、まるで何かのついでのように言われても、レオンに向けて、「はい、わかりました」と了承できるはずがない。

「ま――待ってください！　そんなこと……認められるはずがない、でしょう？」

レオンはそのまま執務に向かいそうだったので、エゼルは慌てて呼び止める。

レオンはそれにどこか疲れたように答えた。

「――何が認められないというのか。この国の法律には、国王の結婚相手についての記述はない。ならば俺が決めた相手と結婚して何が悪い」

「開き直ってる!?」

うんざりしたレオンの様子からは、すでに側近たちからいろいろと言われた後だというのがよくわかった。しかしだからと言ってエゼルだってなるほど、と頷けない。

「いえでも、私はロバルティ伯爵夫人で――」

「今は未亡人じゃないか」

「社交界で淫婦と評判の女ですよ!?」

「処女だった者がよく言う」

そっちも童貞だったくせに! とエゼルは言い返したかった。

そしてそこで、初めてだったのだ、とエゼルは気づく。

誰だって、初めての相手は特別に思うものだし、情が移ることだってある。エゼルも情がないかと言われれば、ないとは断言できない。

エゼルは、レオンがエゼルしか知らないことを思い出し、つまりそういうことだと腑《ふ》に落ちた。

レオンにとってエゼルは初めて身体を繋げた相手で、エゼルしか知らないばかりに視野が狭くなっているのだ。

「レ……レオン様、私などに気を遣う必要はございません。本当なら、もっといろんな方を知っていてもおかしくないお立場ですから――」

「気を遣っているつもりはない。俺はエゼルがいい。そう思ったからそなたと結婚すると決めた」

「ですけど」

「うるさいことを言うな。アーベルにも確認した。そなたとの結婚に不都合はない。俺はエゼルしか欲しくないんだ」

「――――っ」

宰相にまで確認していることにエゼルは驚いたが、心が震えたのはそこではない。レオンが当たり前のように、エゼルを求めてくれていることに、うっかり気持ちが揺らいだのだ。

いや、初めての女に夢中になっているだけ、ほだされているだけだもの――。

エゼルは彼の言葉を真に受けると、後で傷つくのは自分だと、気持ちに蓋をする。

「レオン様！　簡単に決めていいことではないはずです。もっと他に相応しい方が――」

「俺に誰が相応しいかは、俺が決める。そなたまでくだらないことを言うな」

「レオン様――」

エゼルが何かを言う前に、レオンはそのまま部屋を出て行った。

まるで子供が癇癪を起こしているようだ。

どうしたらいいの、とエゼルは深くため息を吐いた。

面倒なことになりそう――。

そう思ったとき、扉の外からメイドが声をかけてきた。

「――伯爵夫人、お着替えのご用意をいたしますか？」

「ええ、入って来てちょうだい」

エゼルはメイドを招き入れ、今日の自分の予定を思い出した。

昼間は執務をしているレオンと一緒にいないエゼルだが、暇なわけではない。エゼルはエゼルで予定があるのだ。

今日は地方から友人たちが訪ねてくる日だ。彼らが王都に来たときは一度は会うようにしている。馴染みの者たちなのだ。エゼルも気兼ねなく話せるし、ちょうどいいと思った。

レオンと一緒にい過ぎたばかりに、他の貴族たちからの情報が抜け過ぎている。最新の情報を彼らに聞いてみよう、とエゼルは支度を急いだ。

＊

「エゼル様、今王都で一番の話題ですのに」

エゼルは王宮の客室の一室で、ヘイズ子爵夫妻とタナー男爵夫妻を迎えて、久しぶりの挨拶をした。そしてついでのように自分の噂がどんなものかを訊き、半ば呆れたように返されて呆然とした。

「先日、王都に来たばかりの私たちの耳にも入ってきましたわ。陛下は片時もエゼル様を離さないとか……仲睦まじい様子だと私たちは皆喜んでおります」

喜ぶ？

エゼルは彼らの感覚がわからず、困惑した。

「どうして喜べるのかしら？　私のような者は、ただの夜伽の相手だと思われているとばかり――」

「エゼル様が悪い噂を放置しているのは知っておりますけれど、エゼル様を知っている者なら誰だって、陛下は素晴らしいお相手を選ばれたと喜びますわ！　ねぇカーラ」

「ええセルマ。さすが陛下、さすがエゼル様、と称えるばかりです」

ヘイズ子爵夫人のカーラと、タナー男爵夫人のセルマはソファに隣り合って座り、微笑み合っている。その向かいでは、同じようにヘイズ子爵のバリーと、タナー男爵のシリルが座っていた。

「国を救ってくださった英雄ですからね。王妃選びだって失敗なさらないと思っておりましたよ」

「ええ、期待通りでしたとも」

向かい合わせに座った夫婦たちの様子がよく見える位置にいるエゼルは、その言葉を聞いて遠くを見つめた。

どうしてそうなったの？

一部の者がなんと言おうと、エゼルの社交界の評判は良いものではないはずだ。しかも元伯爵夫人なのだから、王の結婚相手になど候補にも上がらないと思っていたのに。

「本当のところ、どうなのですか？」

「陛下はなんと？」

「先の内乱でも我々はあまり陛下のお側には近づけなかったものですから、一般的な評判くらいしか知らないんですよ」

「もちろんエゼル様がこれほどの期間一緒にいらっしゃるのだから悪い方であるはずがないのですが――」

彼らのレオンへの信頼は、エゼルが側にいるかどうかが基準のようだ。

そこまで信頼されるのはエゼルだって複雑だが、レオンの良い評判に関して嘘はない。

「ええ、とても素晴らしい方よ。前王を斃し、腐敗した者たちを手にかけたことで忌避する方もいるけれど、陛下と会えばどんなに国を想っていらっしゃるかわかるわ」

エゼルはレオンを褒める言葉ならいくらだって思いつくだろう。

だからなおのこと、エゼルが側にいることで評判を落とすような事態はなんとしても避けたいと思うのだ。

「どこかの夜会でご一緒されているのを見てみたいものです」

「そうですね。我々の集まりには、ご賛同をいただけないと思いますから……」

「あら、私は行くわよ――王都でも集まるのでしょう？」

バリーとシリルが残念そうに目を合わせるのを見て、エゼルは意気込んだ。

「ええ、実は明日、我が屋敷で……もちろんエゼル様に来ていただけると嬉しいです」

「ぜひ伺うわ……ひとりでね」

エゼルは彼らの集まりにレオンが参加することはないだろうと思っている。

夜会には一緒に出ているレオンだが、この集まりに参加するのは難しいだろう。

「エゼル様には、本当に感謝しております」

「本当に。我々の窮地を救ってくださった——救世主だと思っております」

両夫婦の言葉は心からのものだとよくわかる声だった。

喜んでもらえてエゼルも嬉しいが、自分の手柄だとは思わない。

「私は何もしていないわ。そもそもクインがしていたことだし——私はただ、貴方たちを紹介しただけだもの」

「もちろん、ロバルティ伯爵にも同じように感謝していますが、彼は仲間でもありますから」

バリーとシリルは、元々クインの友人だった。

と言っても、友人と知り合いの境目にいるような関係だったらしいが、それ以上に秘密を抱える同士でもあったのだ。

「本当に想い合っているなら、性別なんて関係ないと思うわ」

彼らの関係は今座っている座席のとおりだ。女性同士、男性同士ではあるが、友人関係にしては距離が近い。

バリーとシリルが恋人同士であり、カーラとセルマも同じく、ということなのだ。

どちらも田舎の小さな領主であったために、結婚と後継者問題について悩んでいた。そのとき、エゼルがカーラとセルマを紹介したのだ。彼女らが世間に関係を隠した恋人同士であったのは、エゼルが先に気づいた。彼女らもどこかへ嫁がされそうになっていて、離れ離れになるのが辛いと言っていた。ならば、と四人を引き合わせてみた。

相性が大事だけれど、どうしても隠し通さなければならない秘密のある彼らにとってみれば、渡りに船だったらしい。結婚さえすれば、子供ができなくても養子をとる段取りが自然にできる。

お互いの領地も隣り合っているし、秘密を共有していることもあって、両夫婦ともいい友人関係を築けているようだ。

クインやザックと暮らしていたから、エゼルはこの国で忌避される同性愛を始め、一般的でないとされる指向や突飛な嗜好を持っている者とも偏見なく付き合える。

それが、エゼルが多くの者から相談され、慕われる理由でもあった。

「とにかく、陛下とエゼル様のご結婚なら、ほとんどの者が祝福すると思いますよ」

彼らは口々にそう言ってくれたものの、エゼルはそれほど楽観的になれなかった。

エゼルは、明日の同性愛の者同士の集会について細かな打ち合わせをした後、彼らと別れた。後宮に戻る途中でメイドから、若い令嬢たちがサロンに集まっているのでぜひエゼルも、と呼ばれていると教えられ、今度はそちらに向かう。

そこにいたのは、まだ社交界デビューをしたばかりの令嬢たちがほとんどで、結婚に夢を見ていてもおかしくない年頃だったが、彼女たちの集まりの目的は結婚などではなかった。

つまりこの会も、これまで他人に言えず心の中に秘めていた趣味を、同じような趣味を持つ者と共有する場なのである。

彼女らは、いずれしかるべき人と結婚するだろう、と結婚については現実的に割り切っていて、夢や期待もない。あっさりしているのは、それまでひとりで思い耽ることしかできず、自分はおかしいのではないかと悩んでいたことに、仲間がいると知れて安心できたからだろう。彼女らにとっては結婚よりもそちらが大事なのだ。

だからエゼルはそういった集まりをいくつもつくっては世話をしている。社交界で顔が広いのはそのせいでもあった。

「——本当に、お会いできて嬉しいです、エゼル様」

目を潤ませて、感極まった様子でエゼルを見つめるこの少女も、今年社交界デビューをしたばかりだが、エゼルとは少し前から文通をしていてお互いのことを知っていた。

エゼルはそんな彼女が幻滅しないようにと余裕を持った態度を心がけていたが、彼女の家名を思い出して、そういえば、と気づき、少し顔を強張らせた。

まだ幼さを残しながらも大人の女性の片鱗を覗かせる彼女の名前は、アネット・クリスト。クリスト辺境伯の長女である。

だから、もしかしてレオンと付き合いがあるのでは、と気づいたのだが、この集まりはそんなことを訊く場所ではない。

また何かの機会に訊いてみようと頭の隅に置いておいて、彼女たちの話に耳を傾ける。

こうした思い悩む者同士を引き合わせることにより、少しでも彼らが生きやすくなればいいと思う。そのために自分の評判がどうなろうとも気にはならなかった。

その若い令嬢たちとの楽しいお茶会も終わり、今度こそ後宮へ戻る途中のことだった。

「――エゼル・ロバルティ」

王宮での暮らしに慣れ、道に迷うことも少なくなっていたエゼルは、勝手知ったる通路をひとりで移動していたところ、低い声に呼ばれて振り向き、驚いた。

「少々話がある」

そう言ってすぐ側の部屋にそそくさと入ったのは、エゼルを最初にこの王宮に連れてきた者――ニコラス・クリストだった。

どうしたのだろうかとついて行くと、扉を閉めるように言われる。

護衛騎士の格好をしたニコラスは、あまり機嫌が良いとは言えない顔をしていた。そもそも、彼がエゼルの前で機嫌が良かった記憶はないが。

エゼルがレオンの側にいることを、誰よりも憎らしく思っているのがニコラスであると、エゼルもわかっていた。

でも、そもそもこの人が連れてきたのだけど――。

用が済んだら帰れ、という視線をいつも隠さずにレオンの背後からよくエゼルを睨んでいる。それに気づいたレオンはいつも、自身の身体でエゼルを隠していたが、それでも感情は伝わるものだし、あまりに毎度のことなので、もしかしたらニコラスは元々怒りっぽい人なのかもしれないと思い始めているくらいだ。

「エゼル。お前はいつまでレオン様のご厚意に甘えて後宮に居座るつもりだ？」

「――それは」

喧嘩腰のニコラスだったが、エゼルのほうに素直にすみませんと謝る理由はない。

エゼルを引き留めているのはレオンであり、エゼルが留まりたいと言っているわけではないからだ。

「おまけに――図々しくも、レオン様に結婚を強請るなど！」

「ねだ……っ？　っておりません！」

レオンのような威厳ある態度とは違う、偉そうに人を下に見るような態度で罵られることに、エゼルは黙っているつもりはない。

「ふん、口ではなんとでも言えるだろう」

それはこっちの台詞だ、とエゼルも言いたかった。

どうやら彼は思い込みが激しいようだ、とエゼルもなんとなく理解していた。

レオンの従弟にあたり、彼とは本当の兄弟のように育ったらしいが、レオンを崇拝し過ぎている。

レオンに近づく相手を勝手に選別しているように思うのだ。

そもそも、最初にエゼルを押し付けておきながら、自分にとって都合が悪くなると今度は引き離そうとする身勝手さに、エゼルは苛立ちを感じていた。

エゼルとて、自分がレオンと結婚できるような人間でないことはよくわかっている。だが、それをニコラスから、しかも見下されるように言われると反論せずにはいられなくなる。

自分の気持ちを裏切るようなことだけはするなと、クインに育てられたからかもしれない。

許容できないときはきっぱりと反論し、自分の心を守るように、と戒めのように教え込まれた。

だからこそ、今のエゼルがある。

エゼルはそれを守り通すつもりだ。今も、これからも。

「私は自分から結婚したいと言ったわけではありません。あれはレオン様が勝手に言い出されたことで――私だって困っているのですから！」

「レオン様と結婚するつもりはないと？」

「そうです。それくらいの分別は持っております。だから――」

「ならば、誠意を見せろ」

「――え？」

ニコラスの言葉に、どういう意味だとエゼルは眉根を寄せる。

「誠意？」

「レオン様は義理堅い方だから、お前の評判を気にして責任を取ろうと思われているのかもしれん。お前は自ら身を退くくらいの誠意を見せてレオン様に報いてもいいのではないか？」

「身を退くって……」

エゼルが身を退いたところで、レオンが諦めるだろうか？

今朝の様子を思い出すだけでも、簡単には引きそうにないから困っているのだが。

結婚しないと言っても強行しそうな勢いだからエゼルも心配しているというのに。

「他の男と一緒になると言えばいいだろう」

「――えっ」

「お前なら――」

ニコラスはエゼルの全身を検《あらた》めるように上から下まで見て、「新しい男を捕まえるくらい簡単だろうからな」と侮蔑まじりに言い放つ。

「レオン様も、お前に他に結婚する男がいると知れば、お前の本性に気づかれるだろう。そのくらい、言われなくても自分から気づくべきだと思うが――」

どうしてわからないのか、と呆れられて、エゼルは目を瞬かせる。

ひどい侮辱も、ここまで突飛で突き抜けていると、エゼルのほうが呆れて言葉を失くしてしまう。

何を言っているの、この人は――。

「お前も笑えばそれなりに見えるのだから、すぐレオン様から離れるように」

「――え？」

「わかったな。適当な相手がいなかったら、私がもらってやってもいい」

「――えぇ？」

「いいか、すぐだぞ！」

「――えええ？」

エゼルが呆れている間に、ニコラスは念押しして先に出て行った。

「えっと……」

彼はいったい、何が言いたかったのか。

エゼルは改めてニコラスの言葉を考える必要があった。

自分がどうしたいのかも含めて時間が欲しい。ニコラスには申し訳ないが、ちゃんと考える時間が欲しかった。

＊

「――なんだと？」

レオンは自分の声がひどく低くなっているのに気づいた。

「だから、あの女は他の男と結婚するつもりで――今日は、その物色に行っているようです、と」

ニコラスがレオンとエゼルの結婚を嫌がっているのはわかっていた。

いや、側近たちのほとんどがはっきりと顔を顰めたのだ。頷いてくれたのは宰相とその補佐である彼の息子だけだ。とはいえ宰相らは政務が回れば相手はどうでもいいと思っているのかもしれないが。

側近たちからは、レオンと結婚して王妃になる者は、すなわち王国の顔でもある、と何度も言われた。

だからなんだというのか。

エゼルがレオンの隣に並ぶことには何も不都合はないし、不足があるとも思わない。周囲が思っているような悪女でも淫婦でもないし、パーティで目立つことしか考えていない頭の軽い女でもない。亡き夫に代わり、領地経営もできる聡明な女性だ。社交界で顔が広く、お茶会などをしているのを見る限り、令嬢たちとの関係もいいようだ。すでに夫は亡くなっているから、障害になる相手はいないはずだ。

けれど側近たちは、あれこれ理由をつけて、他の女性を勧めようとしてくる。

では何故レオンにエゼルを抱かせたのか。

彼らは本当にエゼルを娼婦扱いしかしていないのか。

それはまさに、自分たちが唾棄してきた前王のやりようと同じではないか。手あたり次第に女性に手を出しては、飽きたら捨てる。その者がどうなろうと、気にする必要もないと切り捨てる。その結果、自分の母がどうなったのか。レオンは辺境に戻され、レオンが幼い頃は隠れるようにして生きてきた母を思い、苛立ちが募る。レオンが大きくなるにつれ、王の素質があると見なされると母の立場も変わった。実家の家族は大事にしてくれていても、辺境でさえ母は難しい立場に置かれていたのだ。母は優しい人だったが、前王にされた仕打ちが忘れられず、人嫌いになってしまっていた。今も家族以外は信用できないと言っている。

娼婦という職業があるのは知っているし、必要なものなのだろうとレオンもわかっているが、誰かを娼婦にしようということがレオンには腹立たしい。

「王妃になるんだぞ。エゼルはなんの不満があるんだ」

レオンはエゼルが拒否する意味がわからなかった。

彼女は亡き夫に代わり領地経営までできる才女であり、使用人たちからも慕われているようだった。後宮のメイドたちに訊いても、エゼルの評判は悪くない。後宮にいてわがままを言ったり誰かを困らせたりしているところは見たことがない。的確な指示も出せて、充分人の上に立つ能力は備わっている。それを何故活かそうとしないのか。社交界で悪女などと言われるのを放置したままで、自分の力を活かそうとしないことが不思議だった。

先日から、結婚を口にしたレオンに対し、喜んでいる様子は一切見せない。レオンの手は取るくせに、結婚の話は避けているように感じた。結婚しない理由が彼女の悪い噂だとか身分だとかなら、それらはレオンにとってみればどうでもいいことだ。

　レオンは辺境で育ち、正直貴族の付き合いなど面倒くさいと思っていたが、貴族社会があるからこそ、この王国が成り立っているのもわかっている。だからこそ、社交界でのどうでもいい愛想笑いも必要だと理解している。

　けれど貴族を前にするとどうしても前王時代のことが思い出される。

　前王に従いこの国を腐敗させていた貴族はもちろん処断したが、その前王に近づきはしなかったものの、傾く国を見ていただけの貴族もどうしても許せないのだ。もちろん、自分たちの生活、家族、領地を守るために仕方なくそうするしかなかった者もいるだろう。だが、それでも国のために戦ってくれた者もいたのだ。前王を斃すために立ち上がってくれたのは、辺境や田舎に領地を持つ貴族が多い。社交しかしていない王都の貴族を前に、なんでもない顔をしてみせるのは、レオンには苦痛でしかなかった。

　たとえそれが、王として必要な態度だったとしてもだ。

　だが同じ場所にエゼルがいると、レオンは呼吸がしやすかった。

　穏やかに、誰とでも話せる気がした。香水臭い令嬢が寄って来ても冷静に断ることができる。他の誰でもない、エゼルがいるからレオンは貴族たちとわたり合えて、社交界にいられる気がした。

　幼い頃から、辺境でニコラスたちと同じように育てられたが、どこか自分は王子なのだと自覚させられることが多かった。

伯父たちに、レオンだけが腐敗した王たちを罰することができると言われて、自分の立場を理解してやってきた。

正しい王になるために――。

地方も虐政のために荒れていたが、王都ですら王宮に近い一部しか賑わっておらず、王都の中に貧民街ができているなど、レオンは信じがたかった。

それらを正したい。彼らを助けたい。

それが自分の務め――そう思ってやってきたのだ。国を守るという仕事に終わりはないし、日々考えることばかりだ。目の前にあることをこなすのが精いっぱいで、自分のしてきたことを振り返ることもしなかった。

けれどエゼルが言ったのだ。

レオンが前王を斃し王になったから、国の腐敗を止められたと。内乱で国が乱れ、夫を亡くしたが、領民が自分の家族を売らなくて済んだ。ギリギリのところでレオンが立ち上がったから誰もが救われた、と。

王都にいる多くの貴族が口にする、表面だけを取り繕った美辞麗句ではない。レオンの機嫌を損ねないように、耳触りのいいことを言っているわけでもない。王妃の座を狙っているわけでもない。

本当に、前王を斃してくれてありがとうと、レオンが王になって嬉しいと、心から喜んでいた。

レオンはそれを聞いて初めて、王になって良かったと実感できた。

他の誰かに言われても素直に受け取れなかった言葉も、エゼルに言われると心に入ってくる。

だから、エゼルがいいのだ。

他の女なんていらない。

自分の隣にいてほしい。

本音を言えば、エゼルには黒いドレスを脱いでほしかった。

ザックが言っていた。あれは喪服だと。亡き夫のクインを偲んでいるのだ。

本当の夫婦ではないとわかってはいても、それほど長い間想い続けているエゼルにも、想われているクインにも気持ちがざわめいた。

喪服は、暗に内乱を起こしたレオンを憎んでいる表れでは、とまで思ったが、エゼルがそんな考えをするはずはないと自分で否定する。だが否定したのと同じだけ、もしかしたら、と考えずにはいられない。

そんな狭量な男と思われたくなくてエゼルには黙っているが。

けれどそんなことを考えていたから、ニコラスの言葉が気になった。

「あの女は、レオン様のご寵愛だけでは足りないんですよ。他の貴族たち――いや、この国の男たち全員の視線を惹きつけないと気が済まないんです。だからレオン様がエゼルと結婚するとおっしゃっても、こうして他の男に会いに行く。そんな女なんです」

だから王妃には相応しくない。

ニコラスは、わざとエゼルを歪ませているようにしか思えなかった。

エゼルとクインに夫婦の関係はなかったし、彼女はレオンとあの一夜を過ごすまで処女だった。つまり、社交界の悪い噂は真実ではないということだ。

「レオン様を手に入れたと思って、図に乗っているんでしょう。だから他の男を堂々と誘っているんだ」

ニコラスの発言は、どこか子供が拗ねているようにも聞こえた。だがレオンにはその言葉に少し心が動いた。

そうなのか？

レオンが、エゼルの身体を開いたから。

もう誰とでも身体を重ねられると思うようになってしまったのか？

レオンは踵《きびす》を返し、執務室から後宮へ足早に向かった。

後宮の、エゼルのために用意してある部屋は、レオンの部屋に近い。だがいつかレオンの部屋の隣にある王妃の部屋に彼女を移したいとも思っていた。

エゼルの部屋に勢いよく入り、掃除をしていたメイドを見つけると睨み付けながら問う。

「――エゼルはどこに行った？」

メイドはびっくりしていたが、すぐに畏まり頭を下げた。

「――王都の南側に位置します、ヘイズ子爵邸での夜会に……」

今日の王宮の夜会は一緒に出られません。

エゼルは今朝そう言っていた。

これまでいくつもの夜会に一緒に出席したが、夜会に行かない日はこの部屋の寝台で夜を共に過ごしてきた。

一緒に過ごせない日は今日が初めてだったが、エゼルにも付き合いがあるのはお茶会の様子を見てよくわかっていたから、快く送り出したのだ。

「――馬を出せ！」

レオンは部屋から出ると、その勢いのまま後宮を飛び出し、一番近い出入口から厩《うまや》に向かった。

「レオン様！　おひとりでは――」

ニコラスや護衛たちの声が聞こえたが、気になるなら勝手に追いかけてくればいいのだ。

エゼルは何をしているのか――自分を裏切っていないか。

裏切るはずがない。

エゼルのことが嫌いなニコラスが勝手なことを言っているだけだ。

そう思っているのに、どうしても今、エゼルに会って確かめたかった。

夜の王都は小雨が降っていたが、そんなことに構う余裕もなく馬を走らせた。

ヘイズ子爵邸はすぐにわかった。王都にある貴族たちの屋敷の場所は、先の内乱の際にすべて覚えていたからだ。

子爵邸の正門で馬を降りると、屋敷を警備していた者たちが慌てて駆け寄って来る。

だが、レオンを見て足を止めた。当然だ。この国の王が来たのだから。

先触れもなく王が現れたことに狼狽えるのを横目に、案内もなく中に入り、ホールにいた執事らしき男に近づいた。

「――エゼルはどこだ？」

レオンが口に出した言葉はそれだけで、ぎょっと目を瞠った執事が答えるより早く、大勢の話し声が聞こえるほうに向かった。

この屋敷の広間だろう部屋に踏み込んで、足を止める。

そこにいたのは、ほとんどが男だったからだ。貴族も多かったが、見回してみると、平民階級の者も着飾って参加しているように見えた。

その中心に、エゼルがいた。

まるで、男たちをはべらせて享楽《きょうらく》に耽っているようにも見える。

それは、レオンが一番見たくない貴族の姿だった。

「――レオン、様？」

エゼルが目を丸くしてレオンを見た。

その場にいる誰もが驚いていたようだが、レオンはエゼルしか見ていなかった。

「ここでそなたは――何をしている？」

「何、と言われましても……」

レオンは冷静な声が出ている、と思った。

落ち着いている、と思っていた。

だが、戸惑うエゼルの目を怯えが過《よぎ》った気がして、苛立ちが募る。

エゼルが、周囲を窺うように視線を向けた。男たちはエゼルを気遣うように目を見合わせ、幾人かはレオンから隠れるように動いていた。

やましいことがないのであれば、どうして堂々としていない。

エゼルはこの中から、他の男を選ぼうとしているのか。ニコラスの言うとおりに、レオンだけでは足りなくなったのか。ついそう考えてしまった。

一度その考えにとらわれてしまうと、そのことで心が占領されてしまう。

「まさか本当に……俺だけでは足りないというのか」

「――――は？」

エゼルがなんと言ったのか、耳には届かなかった。

レオンはそのままエゼルを抱きかかえ、屋敷を出て外に待たせていた馬に乗った。

周囲の者が驚き、狼狽えて動かなかったのも、都合が良かった。誰かひとりでもレオンの前に立ち塞がろうものなら、レオンは感情のままに相手を切り捨てていただろう。

「レオン様――――！　レオン様、いきなりどうされたのですか!?」

「――うるさい」

エゼルがレオンから逃れようと暴れることにも腹が立った。

腕に抱いて、そのまま王宮へ走る。

エゼルを閉じ込めなければ――。

他の男に会わせることで、その者たちと比べられるのも嫌だった。

他の男と、比べているのか？

レオンはふと気づいた。

エゼル以外の女を知らないレオンでは物足りないと思ったのかもしれない。

そう思うと、レオンは自分の憤怒を抑えることができなかった。

＊

「レオン様！」

エゼルは思い切り、声が嗄《か》れるくらいに叫んだ。

それでも、レオンの耳には届いていないようだった。

「――っ！」

小雨の中、馬に乗せられて走ったせいで全身が濡れていた。そのまま、エゼルに与えられている後宮の部屋に入り、寝台の上に投げ落とされた。

レオンにこんなに手荒く扱われたのは、初めてだった。

驚いて寝台からレオンを見上げたとき、思わずぞっとした。

「――レオン様」

　つい出た声は、震えていただろう。寒さに震えていたせいではない。

　虐殺王という呼び名は最初に誰が言い始めたのか。それはおそらく、彼のこの顔を見たからに違いない。

　仄暗い視線はどこを見ているのかわからなかった。エゼルを見ているはずなのに、エゼルは映っていないようだ。

　口は強く引き結ばれていて、何も言葉を発しないことが、エゼルの不安を煽る。

　いったいどうしてこんな状況になっているのか。エゼルは教えてほしかった。

　今朝、部屋から執務室に向かったときは、レオンはいつもと変わらなかった。結婚という言葉に対し、曖昧な顔しかできないエゼルに苛立ちは感じていただろうが、今日の夜は知り合いの集まりに呼ばれている、と言ったときは普通だった。

　友人たちとの久しぶりの集まりなのでひとりで参加すると言っても引き留められなかったし、相手も訊かれなかった。あまり遅くならないように帰る、と言ったのも良かったのかもしれない。

　ただ、今日の集まりは、夜会というほど賑やかなものではない。ある性指向を持つ友人たちとの、久しぶりの会合と言ったほうが正しいかもしれない。エゼルはその輪の中に入ることに慣れていて、呼ばれたから当然のように参加した。レオンは偏見を持つような人ではないと思うから、誘えば一緒に来たかもしれない。けれどいきなり王が現れては、向こうも驚いて会合どころではなくなるだろう。

今夜の集まりは、同性同士のパートナーを持つ者たち、もしくは同性にしか想いを向けられない者たちの会なのだった。

開催したのはヘイズ子爵とタナー男爵だが、参加者は貴族に限らなかった。これはクインとザックの知り合いが混ざっているせいでもあるだろう。男性が多いのも同じような理由だった。数人いる女性たちは、エゼルが紹介した者たちだ。

あまり大っぴらにできないこの性指向の者たちが幸せを見つけられるように、ひとりではないと思ってもらえるように設けられた場である。

ひっそりとした会合で、今日も静かに終わる予定だったのに、どうしてかそこにレオンが現れたのだ。

前触れもなく、小雨の中馬を駆って来たとわかる有り様でエゼルだけを見て、攫うように連れ帰った。

そして今――レオンは冷ややかな視線でエゼルを見下ろしている。

「レ、レオ……ん！」

エゼルがもう一度声をかけた瞬間、レオンにのしかかられた。

乱れた髪に手を入れられぐしゃりとほどかれる。

背中のクルミボタンをぶつぶつっと飛ばすように乱暴にドレスを剝かれ、レースで覆われた胸元を晒されて、エゼルはあまりに乱暴過ぎる手つきに狼狽えた。

「レオン、様！　レオン様っ、待って、なんで、何がいったい――」

女性経験がないながらも、その手はいつも優しかった。強く抱きしめられても、ひどく扱われたことはなかった。

今のレオンはまるでエゼルを襲っているかのようで――いや、襲われているのだ、と正しく理解してエゼルは顔を青ざめさせる。

「レオン様……っ」

ビーッと、上質なドレスの生地が裂けてエゼルの肌が更に露わになる。エゼルは布を集めるようにして自分の身体を隠そうとするけれど、力の差は歴然としていた。

「この、身体を……っ」

レオンは、身を縮めるようにして震えるエゼルを見下ろし、細い腕を掴んだまま押し殺したような声を発した。

「どれだけの男に見せた……！　俺に、俺だけでは、足りなかったというのか……！」

「……えっ」

怒りの込められた声を聞いて怯えたものの、その言葉を聞いて困惑した。

何を言っているの？

レオンの怒っている理由がまったくの見当違いだとわかったから、半分呆れて半分悲しくなったのだ。

「私は他の誰ともこんなことをしておりません！」

「嘘だ！」

エゼルの言葉を躊躇なく否定されて、エゼルも怒りが湧いてくる。

「嘘など言っておりません！　私がいつレオン様に嘘を――」

「じゃあ今日のあいつらはなんだ!?　俺だけでは足りず、他の男を物色していたんじゃないのか！　あんなにもたくさんの男に囲まれて――そなた以外の女を知らない俺をあいつらと笑っていたんじゃないのか!?」

被害妄想もいいところだ、とエゼルは我慢できず手をあげた。

パン、と乾いた音が鳴ったのは、レオンの頬をエゼルが叩いたからだ。

驚いたのはエゼルのほうで、叩いた自分が信じられなかったけれど、レオンはまったく表情を変えなかった。

驚きもせず、悲しみもせず、無表情のままエゼルを見下ろしている。

それがエゼルには却って恐ろしく見えて、震える声でレオンに抗おうとした。

「ひ……ひどいです、レオン様、そんな……そんなこと、を」

「じゃあ今日の集まりはなんだというんだ。あんなに男ばかりを集めて」

「女性もいました！」

「見えなかった」

「レオン様が気づかなかっただけです！」

「だとしても、どうしてあんな男の多い場所で楽しそうにしていたんだ！」

「友人たちと笑うことくらいするでしょう!?」

「男の友達なんておかしいだろう！」

「おかしくありません！　そもそも——そもそも、いったい何が言いたいんです！　私の友人たちを侮辱して、私にまでこんな——」

「エゼルが俺と結婚しないからだ！」

「————えっ」

エゼルは驚いた。

思考が止まるくらい、驚いていた。

けれどレオンは溜まっていた何かを吐き出すかのように、荒い言葉を続ける。

「俺との結婚に頷かないくせに、男漁りをするかのように出かけた！　いったい俺の何が気に入らないんだ!?」

「き、気に入らないとか——」

そういうわけではない、とエゼルの声は掠れていた。

「俺が辺境で育った田舎者だからか？　親を殺した残虐な男だからか？　貴族との付き合いもろくにできない野暮な男だからか!?」

レオンをそんなふうに思ったことは一度もない。

エゼルは知らず、目頭が熱くなった。

涙を堪えることができなくなった。

レオンは、エゼルたちを助けてくれた救世主である。

前王の虐政を止めてくれた、国中の民に称えられる、ただひとりの王だ。

小さな子供だってレオンがどれだけ素晴らしい人かわかっている。彼がいなければ、エゼルだって呑気に社交などしていられない。誰よりも感謝しているひとりなのだ。

なのに、その気持ちがレオンに届いていない。

レオンが、彼自身をそんなふうに嘲っているのが悲しかった。

「……私は、レオン様が王になって、すごく嬉しかった。それは、他の誰に訊いても同じだと思います」

冷静な声が出た。

けれどレオンの表情は痛みを堪えるように歪められている。

「そんなもの、上辺だけだ。俺をうまく使おうと、皆愛想やおべっかだけがうまくなる。腹の内では何を考えているのかなど、わかるものか」

「レオン様――そんなこと、あるはずがないでしょう」

「そなたも、本当は俺を恨んでいるのだろう。俺なんかが王になっても、本音は認めていないのだ」

「まさか！　どうしてそんなことを――」

「喪服を脱がないからだ！」

「――」

レオンの言葉は、エゼルの動きだけでなく、思考まで止めた。

「いつもいつも黒い服ばかり！　クインを、彼を殺した、戦場に送った俺を恨んでいるのだろう！　だから俺を拒むのだろう！」

エゼルはなんと言えばいいのか、言葉がひとつも浮かばなかった。

本だけは、飽くほど読んだ。

知識だけは溢れるほど詰め込んだ。

誰に、どんなときに、どんなふうな言葉を言ってあげればいいのか学んできた。

どんな状況でも乗り切れるように、身体に染みつくまで頑張った。

それでも、今は何も思い浮かばなかった。黒い服を着ているのは、レオンの言うような意味ではなかった。

レオンを悲しませるために着ているわけではなかった。

震える手で、レオンに手を伸ばす。

どうしてか、自分よりも大きく逞しい身体がエゼルよりも小さく心もとないように思えたのだ。どうにかしたいと手を伸ばしたのに、レオンはそれを撥ね除けた。

寝台にエゼルを押し付けて、乱れた格好を暗い目で見下ろしていた。

「──確かに、俺は女を知らなかった。まだまだ知らないことばかりなんだろう。だから、もっと俺に教えろ」

「レ、オ……」

「俺に、もっとこの身体を教えろ」

エゼルは、冷静にすら聞こえるその声に、抗いの声を上げることができなかった。

＊

「あ、あ――っあぁ！」

エゼルの声が寝室に響く。

その他は自分の荒い息だけだ。

レオンはエゼルを何度貫いても満足しないことに苛立ちを覚えていた。

最初にエゼルの黒いドレスをすべて剝いだ。下着も奪い、身を隠そうと捩った身体を開いて、手で、舌で触れた。

エゼルの身体は、どこも柔らかく、舐めれば舐めるほど甘いものが滴ってくるようでやめられなかった。もう一度、エゼルのすべてを知るために愛撫を繰り返して、嬌声がすすり泣きに変わっても続けた。

女の身体はとても不思議だと何度抱いても思う。

秘所の膨らみはまるで唇のようにも見えて、何度も口づけた。そこから蜜が滴るのが堪らなくて何度も啜った。陰唇を開き、ぷくりと膨らんだ陰核を弄ると、エゼルが抗うほど身悶えるので念入りに苛む。

　柔らかな太腿を撫でながらそこを執拗に責めるとエゼルが声を上げて泣き始めた。びくびくとお腹が震えるのは、何度も達しているからだろう。

　いつもならこのあたりで満足するはずなのに、レオンはそれでも足りない、ともっと責めた。

「あ、あぁ、あぁぁ……っ」

　無意識なのか身を捩ろうとするエゼルを、自分につなぎ止めるために一気に貫く。

　くぷりと、自分の性器がエゼルの中に埋まっていくのを見るのはほの昏い悦びがあった。

　腰を蠢かし、エゼルの膣を擦り責めると、エゼルが腰を浮かし達しそうになる。

　勝手に達するのが何故か許せなくて、すべてレオンの思うままにしたくて、両脚を閉じて抱え、浮いた腰を強く揺さぶった。

「――あああっ！」

　脚がぴったり閉じられたことで中まで締まった気がする。

　それが堪らなく気持ち良くて、そのまま激しく責め立てた。

「エゼル――っく！」

「やあぁぁっ」

　ぱん、と激しく肌を打つ音が聞こえるほど、最後に強く突き上げてレオンが果てると、エゼルが悲鳴を上げる。達したかどうかはわからない。ただ、最後の一滴まで搾り取ろうとするように内壁が蠢く。それがまた、レオンを昂らせる。

「ん……あぁぁ……」

ずるりと性器を引き抜き、足を下ろしてやると、何度も吐き出した白濁がエゼルから零れる。それすら感じてしまうのか、エゼルの身体は小さく震えていた。

「……っも、もう……っも、やぁ……っ、いや、むりぃ……っ」

レオンがゆっくりと、太腿から腰に手を這わせたその意味をちゃんと理解したらしいエゼルが、泣きじゃくった声で首を振るが、レオンは獲物を前にした獣のように、知らず舌なめずりをしていた。

エゼルが泣いている。

子供のように泣いて、怯えている。

それがひどくレオンを興奮させて、もっと組み敷きたいと思わせるのだ。

身体に力が入らないのか、レオンがエゼルの身体を返してうつ伏せにしても抵抗されなかった。

臀部の丸みから太腿の境目までぐしょぐしょに濡れているのがわかる。そこに手を入れて開いて、陰唇を確かめた。

「……っや、ぁ……っやめ、え……っ」

レオンはその奥深くへ、性器を埋めるようにして押し込んだ。

軽い圧迫感は、むしろレオンを誘うようだった。

「あ、あ、あぁぁ……っ」

「ああ……そうか」

レオンはふいに気づいた。

背後から、ぐっと押し上げると、エゼルが逃げようと手を動かす。レオンはのしかかって動きを封じた。

背中から、ぎゅうっと抱きしめる。

柔らかい身体は、レオンの腕の中にすっぽり収まるほど小さく細い。けれどそれがレオンを満足させる。

「——孕めばいいんだ」

「——っ」

レオンの声が聞こえたのか、エゼルが息を詰めたのがわかった。

「これほど俺のものが溢れていたら——他の男の種など、入る余地はないだろうな」

「あ……っ、ま、ま……って！」

怯えを含んだエゼルの制止の声など、レオンを煽るものでしかない。

ぐり、とまだいきり立つ肉棒でエゼルの中を強く抉《えぐ》り、最奥を開くように腰を揺らした。

「あ、あ、あっ」

「ここで——この中に、すべて、入れてやる……ずっと、孕むまで、俺だけを見ていればいい……！」

どこにもやるものか。

レオンの声に、声にならないエゼルの悲鳴が暗い部屋に響いた気がした。

# 8章

エゼルは寝台に繋がれている気分だった。

あの夜から、エゼルはこの部屋から出してもらえなくなっていた。

後宮という場所は、確かに王の私的な空間であり、王の支配下にある場所なのだと改めて思い知る。

食事も与えられるし、湯浴みもさせてもらえる。

全身に力が入らないので、赤子のようにメイドに手伝ってもらいながらだが。

それがどれほど恥ずかしいことかレオンはわかっているのだろうか——わかっているのだろう。羞恥を覚えさせることも、レオンの意図に違いない。

あの夜、最後のほうの記憶は曖昧で、目を覚ますとレオンはすでにいなかった。

自分の身体がどれほどおかしくなるのか、限度がないように思え、エゼルはその強過ぎる快楽から戻ってこられなくなるのではないかと怖くなって、起きても震えていた。

ひとりで動くのも難しいほど身体は疲労していて、側にあったベルを鳴らす。すると、メイドがいつも通り顔を出した。水をくれるのもいつもと同じだったけれど、新しい服は与えてもらえなかった。

代わりにガウンを着せられて、整えられた寝台にまた戻される。

これはどういうことだろうと困惑していると、「陛下のご命令で、今日から外出は禁止、とのことでございます」と冷静な声で教えられた。

「陛下が手ずから身を清められたそうですが——湯浴みをされますか？」

メイドはさらにエゼルの羞恥心を煽ることを告げる。

ひとりで立てないほど腰が抜けているのだ。一晩中責め立てられて、レオンとの体力の差を思い知らされた。エゼルの白い肌には、レオンがつけた痕跡がたくさん残っていて、それをメイドに見られるだけでも恥ずかしかったのに、介助されるなんてとんでもない。

今更だがエゼルは身体を隠すようにガウンの前を掻き合わせて寝台の上で小さくなった。

「私は——家に、帰りたい、わ」

その願いは聞き届けられないだろうことはわかっていた。けれどメイドの「申し訳ございませんが、伯爵夫人はこの部屋で過ごさせるようにと陛下に命じられております」と言う声の中に彼女の罪悪感を感じ取って、さらに落ち込んだ。

「わ、私——私、は、どうなるの……？」

メイドに言ってもどうしようもない質問をした。

案の定、彼女は少し困惑の表情を見せただけで、答えることはなかった。

「レオン様は……」

「陛下は、時間ができ次第来られるそうです」

その答えは知りたくなかった。

そう思ったが、メイドの言葉通り、レオンはその日から執務を終えるとすぐにエゼルに会いに来るようになった。

それは夜だけではなく、朝も昼も、少しでも時間が空くとやって来る。その度にエゼルを抱いて行く。

エゼルをおかしくさせるまで、責め立てて抱き潰していく。

もうやめてという言葉は却ってレオンを煽るようだった。「何が気に入らない？　これは好きじゃないのか」とその度にやり方を改められて、違う体位で、違う愛撫で抱かれ続ける。

もう充分、レオンは女を知っていると言っていいだろう。

なのに知らないふりをして、エゼルを苛むのだ。

苦しい、とエゼルが泣いてもやめることはなかったし、そもそも、レオンに触れられるだけでエゼルは震えるほど感じてしまうようになっていた。

そんなに——気にしていたなんて、知らなかったの。

エゼルはこの状況でも、レオンに対して申し訳なさと心苦しさを感じていた。

自分が黒いドレスを選ぶのは、もはや惰性のようなものだった。

クインが亡くなったとき、あまりに辛過ぎて、何を着るのか考えることさえできなくなっていた。しかしザックや周りの人たちと慰め合い、やがてクインがいないことを受け入れることができるようになると、エゼルは以前よりも自ら動くことを考えるようになっていた。

喪服代わりの黒いドレスを着ていると、夫を忘れていないことを示すことができた。けれど未亡人というのは男を無駄に惹きつけるらしい。これまでと同じようにかわしてきたけれど、淫婦だの悪女だのと更に評判が悪くなっていた。

エゼルはしかし、自分を護るためにも黒いドレスを手放せなかった。もはや自分の噂など気にしてはいなかったが、遊ぶような女ではないと、見た目だけでも示したかったのかもしれない。

それが、レオンの心をこんなにも苛んでいたとは気づきもしなかったのだ。

エゼルを責めながらも、レオンは泣いているようにも思えた。

彼の苛立ちは、彼がどれほど孤独でいるかを表しているようで、エゼルは自分の心まで苦しくなる。

レオンが望むなら――。

周囲に、何を言われたっていい。

もっとひどい噂を立てられたっていい。

王を惑わせた悪女と罵られたって構わない。

自分がどれほど責められようとも、レオンが救われるのなら。レオンが喜ぶのなら。

エゼルはレオンの求婚を受け入れようと心を決めた。

レオンが次の行動を起こしたのは、そんなときだった。

エゼルの部屋に戻って来るなりエゼルの言葉を聞かずに抱いた後で彼はこう言い放った。

「――王妃の部屋の用意ができた。明日、部屋を移動する」

「――――」

エゼルは何も言えなかった。

言って欲しかったのだ。

もう一度、結婚しようと、結婚したいと言って欲しかった。

そうすれば、ただ頷くだけで済んだのに。

＊

用意という用意はあまりない。

エゼルの私物はこの部屋にはほとんどないのだ。

持っていたドレスは、黒いという理由ですべてレオンが捨てさせていた。ただ、ガウンで部屋から出るのはさすがに不都合があると、薄い紫色のドレスが用意されて、エゼルはそれに着替えさせられた。

「レオン様は――」

「急ぎのご用が入ったようです。後で新しいお部屋に来られるとのことです」

エゼルはメイドからそう聞いて、また心が沈んだ。

レオン様ときちんと話がしたい――。

あの手に触れられ抱かれると、何もかもがわからなくなってしまう。

快楽に身体が溺れてしまい、与えられるものをもっと欲しいと強請りそうになって抑えるのに必死になる。

だから冷静に話す時間が欲しかった。

せめて移動の間なら、人目があるから話しやすいかもしれないと望みをかけたけれど、それも叶わないらしい。

エゼルが数人のメイドに囲まれて、肩を落としながら後宮のもっと奥へと向かうために移動し始めると、先導していたメイドが急に立ち止まった。どうしたのだろうと顔を上げると、予想外の人物がそこにいた。

「――どうして」

そう言ったのはエゼルではない。

エゼルたちの前を塞ぐように止めた、ニコラスの声だった。

何故彼が後宮の、しかもこんな奥まで入ってこられるのか。王の護衛と言うより、従弟という立場で優遇されているのだろうか。

どうやって入ったのかはわからないが、彼はこんなところに来てまで、エゼルを睨んでいる。

どうしてレオン様から離れないのだとまた怒られるのだろうか、とうんざりしながら身構えていると、ニコラスが驚きの発言をした。

「どうしてレオン様なんだ」

「――えっ」

ニコラスはそう言った直後、エゼルの手を摑んでそのまま引っ張った。

「――何をなさいます、ニコラス様！」

「おやめください！」

メイドたちの制止を振り切り、彼はエゼルを摑んだまま走り出す。

「――えっ……？」

エゼルは、いったい何が起こっているのかすぐには理解できなかった。けれど、状況がおかしくなっているのはわかった。

ニコラスは後宮の構造を熟知しているのか、廊下の途中にあった扉を開け、裏庭のような場所に出たと思うとそこも走り抜け、一台の馬車の前まで来た。

「ま、待ってください……！」

抗おうにも、騎士であるニコラスに力で敵うはずもない。

「どうして、こんなことを……レオン様は、知って――」

「うるさい。お前がレオン様から離れないからこうするしかないんだろう！」

ニコラスは苛立ちを隠しもせずに言い放ち、エゼルをその馬車に押し込めた。

「これは――」

扉が閉められると、すぐに馬車が動いた。

倒れ込みそうになったので、慌てて座り、車内を確かめて顔を顰める。

王宮のものとは思えないほど、質素で小さな馬車だった。窓というより換気のための穴があるだけで外は見えない。座席は板が張ってあるだけで、壁も薄そうだった。

これはおかしい、とエゼルが背中にひやりとしたものを感じても、恐ろしい速さで走る馬車の中ではどうしようもなかった。

＊

エゼルはレオンの側から離れなかった。

ニコラスは怒りと焦りが日に日に膨らんでいくのを感じた。

いくら言っても、レオンはエゼルと別れようとはせず、とうとう後宮に押し込めて誰にも会わせないようにしてしまった。

エゼルとの結婚の意思を変えず、書類を用意するようにと命じるだけで、誰が何を言おうともレオンは感情を見せなくなった。

幼い頃から帝王学を学び、どんな状況でも冷静に対処する術を身に着けていたが、その実感情豊かで、一緒にいれば楽しくて、こちらの心が温かくなるような方なのだ。

王としての執務をしている最中でも、心を許した相手とは気安い言葉で話すし、それを楽しんでおられた。

なのに、今のレオンは冷徹という言葉そのものだった。

臣下の諫言《かんげん》に耳を貸さず、自分の思うままに進める――それでは前王と一緒ではないか、とニコラスは苛立った。

どうしてわからないんだ、と言葉を重ねても、レオンはエゼルを離さない。

強引に引き離そうにも、エゼルの部屋にはレオンの指示で決められた者しか入れない。

エゼルと会うことすらできなくなったのだ。

気楽なお茶会を王宮で開催することもなくなった。

夜会で妖艶な振る舞いをして男を惑わすこともなくなった。

このままではだめだ、とニコラスが焦っていたとき、レオンが「エゼルを王妃の部屋に移す」と宣言した。

王妃の部屋は、王の部屋の隣にあり、今よりもっと後宮の奥まった場所にある。

そうなると、ニコラスはますます会えなくなるだろう。

どうにかしなければ――そう思って出した策は、レオンを足止めすることだった。

書類に不備がある、とレオンを執務室に留めて、その隙に移動中のエゼルがいる後宮にひとりで向かった。

そこで久しぶりに見たエゼルに、愕然とした。

以前より痩せている気がしたが、それよりも色香が増していたことに驚いたのだ。

同じ空間にいるだけで、男を惑わす悪女――そんなふうにしたのはレオンなのだと、ニコラスは気づいた。

色香をまき散らしながら気怠そうに歩くエゼルを、どうしてもレオンのもとに返すわけにはいかないと、ニコラスはその手を摑んだ。

そしてそのまま馬車に押し込めて、向かったのは王都にある自分の屋敷――クリスト辺境伯の屋敷の離れだ。

王都の屋敷は他の貴族の屋敷と遜色ないほどの大きさで、夜会を開けるだけの広さもある。今はここに、父親のクリスト辺境伯と、今年社交界デビューをしたばかりの妹のアネットと、ニコラスが暮らしている。

来客用に用意してある離れは誰も使っておらず、使用人たちすら掃除のとき以外来ることはない。

丁度都合がよいと、ニコラスはエゼルをその一室に押し込めて、ひとまず満足した。

この部屋にはエゼルしかいない。彼女の毒牙にかかる者も存在しない。

「ニコラス様――いったいどうして」

ほっと一息ついてようやく、エゼルが先ほどから説明を求めているのに気づいた。

ニコラスはふたりになれたことに安堵して答えた。

「どうしても何もないだろう。あれほど言ったのに、お前はずうずうしくレオン様を惑わし続け、それればかりか——王妃の部屋になど、行かせられるはずがない」

「あの——それは、でも、レオン様はこのことを……」

「レオン様の名を出すな！」

どうしてレオンのことばかり口にするのか。

ニコラスにまた苛立ちが募る。

「お前は、レオン様には相応しくない——そう言ったはずだ！　淫婦のくせして、いつまでもレオン様の情けに縋るなど恥を知るがいい。他の男をつくってレオン様から離れるように言っただろう。どうしてそうしない？」

「そ、んなことを言われましても……」

「お前のような毒婦はレオン様には相応しくない——だから、俺が引き受けようと言ったのに」

「——えっ」

「俺が、俺なら——エゼル、お前には、俺のほうが、相応しいはずだ」

ニコラスは、エゼルを手に入れる。

レオンには相応しくないが、捨てるには可哀想だと思った。

夫に先立たれた未亡人なのだ。女は、誰かに縋らねば生きて行けないものなのだろう、と理解してもいる。

ならば、自分が引き受けるのがいいだろう。

ニコラスは、エゼルの視界に入っているのが自分だけであることにとても満足していた。

＊

この人は、いったいどうしたのか。

エゼルは、ニコラスは混乱のあまり頭がおかしくなったのかと思った。

そもそも、憎まれているのは知っていた。淫婦だと蔑まれているのもわかっている。

レオンに相応しくないことはニコラスに言われなくても承知しているのだ。だが、彼の発言はどこかズレていたし、この状況がまずおかしかった。

馬車が止まったのはどこかの屋敷の前だった。ニコラスが勝手知ったる様子で歩いて行くことから、彼の屋敷なのだろう、と推測できる。

だが、最終的にエゼルが連れてこられたのは、離れのような人気のない建物だった。

その一室に閉じ込められて、ニコラスとふたりきりになり、よくわからないことを言われて――彼の視線が、自分からまったく動かないことに、エゼルは焦りを覚えた。

鈍い、とクインがいたら怒られそうだと思ったが、エゼルにしてもこの展開は予想外だったのだ。

あれほどエゼルを嫌っていた相手が、エゼルに手を出そうとするとは思わなかったし、物理的にレオンから引き離すことがあったとしても、まさか自分の屋敷に連れてくるなど想像できるはずがない。

もしかして、二度とレオンに会わせないために密かに殺されるのでは、とまで危惧《きぐ》したが、彼は熱に浮かされたようにエゼルを見ている。

その視線の意味を、エゼルはよく知っている。淫婦だと言うエゼルを、自分のものにしてみたいと誘う男たちのものだったからだ。

エゼルは緊張に身体を硬くした。

このところレオンに毎夜何度も責められているため、いつも以上に力の入らない身体が恨めしい。

「こんなことをして……レオン様も、クリスト辺境伯も、黙っているとは思えませんが」

落ち着いて欲しいと、エゼルは冷静な声でニコラスを諌めた。

しかしそれは逆効果だったようだ。

「お前がレオン様から離れないから！」

「――――っ」

「どうして俺のところに来ない？　言っただろう、俺が面倒を見てもいいと！　お前を――お前を最初に見つけたのは、俺なのに！」

「……ニ、ニコラス、様」

「男を惑わす悪女が――これほど俺をおかしくさせて、いったいどうするつもりだ！　やはりお前を、レオン様に渡すべきではなかった――」

ニコラスが一歩近づく度、エゼルは一歩下がった。

どん、と足が何かにぶつかって転びそうになるが、それはソファだった。よろけてそのまま座り込む。もっと逃げなければ、と思ったときにはニコラスが目の前にいた。

「この――この身体を、レオン様が……っ他にどれだけの数の男が、奪ったのか」

レオン様ひとりです、とは言い出せない状況だった。

ニコラスに知って欲しいとも思わない。

「このドレスはレオン様が用意したものか――こんなもの、淫婦のお前には似合わない」

「――」

自分でもこんなに清楚な色は似合わないと感じていたが、改めて言われると傷つくものだな、と思う。

心も痛いが、ニコラスに腕を摑まれて、そちらのほうが痛かった。

「や、やめ……っ」

声が震えていた。

抵抗するべきなのに、力が入らないのは恐怖のためだ。

ニコラスが怖い。

男が怖い。

そう思ったのは、初めてだった。

どれほど大勢の男に囲まれても、不安に思ったことはなかった。どんな状況でも切り抜けられる術を持っていると自信を持っていた。

なのに実際は、たったひとりの男に腕を掴まれているだけで、恐怖に震えて声もうまく出ない。

こんなことでは、クインたちに笑われる——そう思ったときだった。

バカン！　と何かが打ち壊されるような激しい音がして、同時に声が聞こえた。

「——エゼル！」

その声に、エゼルは身体中から力が抜けた。

レオンだ。

恐怖のあまり強張っていた目尻から感情が溢れるように涙が零れる。

そこからは、あまりに慌ただしくてよく覚えていない。

部屋にレオン以外の大勢の声が響き始めた頃、エゼルは気づくとレオンの腕の中に居て、知らず、レオンの服をぎゅうっと握りしめていた。

そして部屋の隅で、ニコラスがふたりの騎士に押さえ付けられているのが見えた。

その後、部屋に入って来たのは、息を切らしたクリスト辺境伯だ。彼は部屋の状況と、自分の息子が押さえ付けられている状況を見て、愕然としているようだった。

「——ル、エゼル」

「……は、い」

エゼルはようやく、自分が呼ばれているのだと気づいた。

顔を上げると、最近見なくなっていた、感情溢れる表情のレオンがいた。

心配していると、心から気遣っているとわかる目だ。

「大丈夫か。怪我は？」

「けが……は、どこも」

小さく首を振る。

何をされるかわからない恐怖はあったけれど、結局何もされていない。その前に、レオンが飛び込んできたからだ。

レオンはそれでも自分の目でエゼルの全身をじっくりと確かめた。エゼルの言葉に嘘はないと確信したのか、次いでニコラスに冷ややかな視線を向けた。

「――ニコラス」

その声に反応するように呻くような声が聞こえた。

床に押さえ付けられたままのニコラスは、顔を上げることもできないようだ。

「お前が何を思ってこんなことをしたのか、訊いたほうがいいか？　――それとも、これ以上の恥を晒さないためにも、切り捨てたほうがいいか？」

冷徹なレオンの声に、ニコラスは呻くばかりで、代わりに声を上げたのはクリスト辺境伯だった。

「――ニコラス！　お前はいったいどうしてこんなことを――何を考えているんだ!?」

息子のしたことが信じられないとばかりに強く叱責した辺境伯に、ニコラスは呻きながらも声を上げた。

押さえ付けていた騎士たちが話ができるように顔を上げさせたからだろう。

「――エゼル、は、レオン様、に相応しくない……！　そう、父上も、言っていたでしょう！」

「そ……それはそうだが！　お前にこんなことをしろなどと言ったことはない！」

「ですが！　誰かが止めなければ……っレオン様には、もっと清らかで優しい――アネットのほうが、相応しい……！」

アネット、というのはニコラスの妹のことだ。

エゼルはその存在を知っていた。少し前にお茶会で顔を合わせて、話もしている。

確かにニコラスの言うように、今年社交界デビューをしたばかりの初々しい少女で、明るい栗色の髪と弾けるような愛らしい笑顔を持っていた。クリスト辺境伯の娘なのだから、身分的にも問題はないだろう。

エゼルはあの少女がレオンの婚約者候補だったのか、と彼女を思い浮かべたけれど、すぐに疑問が生まれた。

果たしてアネットは、ニコラスが言うようにレオンとお似合いなのだろうかと考えてしまったからだ。愛らしい少女だが、先日直接話し、彼女の内心をよく知ったことで、清らかで愛らしい、と断言するには違う気がしたのだ。もちろん、淑女教育を受けて完璧な令嬢らしい振る舞いをしていたが、真面目な気質のレオンとは合わない気がする。

その疑問を解消するように、図ったかのようなタイミングで部屋に響いたのは、少女のような透明感のある声だった。

「――冗談でしょ、お兄様。おかしなことを言わないでくださいませ」

部屋にいた者が一斉にその声のほうを向くと、入口の扉の前に立っていたのは、話題に上がったアネットだった。

エゼルが以前会ったときの印象と変わらず、大人しい少女そのものだ。

けれどアネットは緊張感のあるこの部屋の中に臆さず踏み込んで来た。

「なんだか騒がしいと思って離れに来てみれば……なんですの、この状況は。――いえ、想像できますから詳しくご説明いただかなくても結構です。レオン兄様、エゼル様にお怪我はなくて？」

「――ああ、アネット。これは……」

「ニコラスお兄様がおかしなことをした、ということでしょう？」

「おかしなことではない！　レオン様に相応しいのはお前だ、アネット！　昔からレオン様はお前に優しかったし、お前もレオン様を慕っていただろう。そうでしょう、父上！」

アネットの声に反応したのはニコラスだ。自分の言い分が正しいのだとクリスト辺境伯にも同意を求めているが、辺境伯は状況をうまく呑み込めていないのか理解したくないのか、戸惑いの表情を浮かべたままだ。

けれどアネットは黙っていなかった。

「何をおっしゃっているのお兄様。レオン兄様はもうひとりのお兄様として慕っていただけで、好きだとか欲情するとかそういったことはまったくないし、考えたこともなかったわ」

「な——よ、よく……」

彼らにとって「大人しく清らかな」少女の明け透けな言葉に、ニコラスとその父である辺境伯は同時に驚いていた。

「ア、アネット、お前は陛下のことが好きなのでは……？」

「お兄様としては好きです。本当の家族のように一緒に育ったのですもの。ねぇレオン兄様」

話を振られたレオンも驚いたままで、「そ、そうだな」と狼狽えたような返答しかできていなかった。

「私のことよりも、ニコラスお兄様のことですわ。お兄様は、本当に昔から女性に夢を見過ぎだと思っておりましたけれど、ここまで愚かだったとは」

この場で誰よりも若く、穏やかな雰囲気を持つ少女の辛辣《しんらつ》な言葉に、誰もが固まってしまった。

レオンに抱かれたままのエゼルだけが、そうよね、と頷いていた。

エゼルが頷いたのは、アネットの言葉にではなく、アネットの強さについてだ。

エゼルが以前彼女と話したときの印象は、ニコラスが言うような清らかで大人しい令嬢からはかけ離れていたからだ。

「見た目や噂や思い込みだけで人を判断する、本当にばかなお兄様。しかも私の敬愛するエゼル様をこのような目に遭わせるなんて——極刑になればいいのですわ！」

「——！」

部屋の中にいた誰もが、ニコラスを押さえ付けていた騎士すら息を呑んだが、いち早く復活したのは彼女の父親であるクリスト辺境伯だった。

「ア、アネット？　いったい何を……ニコラスのこともばかなどと、何故」

「ばかで愚かでしょう？　詳しくは存じ上げませんけれど、レオン様とお似合いのエゼル様に横恋慕して奪おうとして捕まった——そんな状況ですわよね？」

「よ、横恋慕、など……！」

「ニコラスお兄様。自覚がないのでしょうけれど、エゼル様がお好きなのでしょう？　だって最近は口を開けばエゼル様のことばかり。ひどい言い草だらけですけれど、あれほど憎むのは、嫌いだからではなく好きだから、手に入らないから、そんな方を好きになった自分を認めたくないから——でしょう？」

「……………」

簡潔に纏めるアネットに、沈黙が広がった。

ニコラスに対して一番怒りを見せていたレオンさえ、大人しいと思っていた妹にこれほど見下される彼に、憐れみを含んだ視線を向けていた。

沈黙を破り、反論を始めたのは、そのニコラスだ。

「そ……っお、俺は、レオン様にはエゼルは相応しくないから……！　だが他の男に奪われるよりは、俺が、と思った、だけで……」

言葉を重ねて言い訳をしているけれど、その言葉の矛盾に自分で気づいたのか、ニコラスは顔を青くする。

その直後、真っ赤になった。

今になって、自分の本当の気持ちに気づいたように。

自分を押さえ付けている騎士からも憐れんだような視線を向けられて、ニコラスが感情を持て余したように呻く。

「……っい、いや、そんなことより……っどうしてアネット、お前が、エゼルを知っている？　け、敬愛などと――」

騎士の手がさらに緩んだのか、上体を少しだけ起こして妹を見上げた。自分の感情よりも、アネットの言葉にひっかかりを覚えたようで黙ってはいられなかったのだろう。

アネットは当然のように笑顔で答えた。

「お友達を通して――文通をさせていただいておりましたの！　先日ようやく、初めてお会いできて、本当に嬉しかったですわ！」

「——文通!?」

「ええ、私——少し複雑な趣味がありまして……それで悩んでいたのですけれど、お友達がエゼル様をご紹介くださって……。何度もお手紙でご相談にのっていただきましたけれど、お会いしてお話しすることができて、本当に心が晴れました！」

「——それは良かったわ」

この部屋にいる誰よりも晴れやかな表情のアネットに応えられるのは、相談にのったエゼルだけだ。

初めて会ったときは、ニコラスの妹だとは思えないくらい素直で可愛らしい子という印象だった。けれど話してみるとそれだけではなく、さっきのように大人たちも黙らせるくらいの意志の強さを持っていると知っていたのは、この場ではエゼルだけだったのかもしれない。

「な、悩み……？　趣味？　なんだそれは、何に悩んでいたんだ？」

クリスト辺境伯が、親の顔になって心配そうに眉を寄せているが、アネットはにこりと少女らしい笑みを見せるだけだ。

その悩みを知るエゼルに視線が向いたけれど、エゼルは少し考えたものの、「お知りにならないほうが、辺境伯のためかもしれません」と答えるに留めた。

いったいどんな趣味なんだ、とレオンが小さく呟いた気がしたが、エゼルが目を細めて笑いかけると、それ以上の追及はされなかった。

知らないほうがいいだろう。

エゼルは彼らの心の安寧のために、そう思った。

「レオン兄様」

「――なんだ、アネット」

「エゼル様は、レオン兄様に相応しい方だと思いますわ。この国で、エゼル様ほど王妃に相応しい方はいらっしゃらないし――エゼル様を選んだレオン兄様を、誇らしく思います」

アネットはか弱い少女のような外見とは裏腹に堂々と話した。

「エゼル様は、私たちを始め、貴族や平民など身分を問わず、悩みを持つ人たちを陰ながら支え、助けてくださる素晴らしい方です。悪い噂はそれを隠す隠れ蓑《みの》のようなもの」

アネットはそこで自分の家族に視線を向けた。

「上辺だけを見て、真実を知ろうとなさらない方は新しくレオン兄様がつくられるこの国に相応しくないと思います。お父様もお兄様も、レオン兄様の側近としてお側にいらっしゃるなら、もっと視野を広げるべきですわ。――あ、ニコラスお兄様は、今回の一件で側近に相応しくないと、自ら証明されましたけれど！」

自分の家族さえ容赦なくこき下ろすアネットを見て、エゼルは、レオンにもひるまず意見を言える彼女のほうが側近に向いているかもしれない、と思ったけれど口には出さなかった。

さらにアネットは、「私がこんな意見を言えるのも、エゼル様がご指導くださったお陰です」とエゼルを称えてくれて、その場にいる者たちのエゼルを見る目がこれまでのものと変わったことに気づいた。

アネットの後押しのような言葉はありがたかったけれど、それよりも、自分を抱きしめる手がいまだに震えているレオンをどうにか安心させたい。エゼルはそっと手を伸ばした。

心配をかけたのだろう。

ニコラスに連れ去られたときは自分も怖かったけれど、レオンの腕の中にいると心がほぐれた。

レオンにも同じように思ってもらいたいと、その身体を抱きしめる。

「──どうやら、落ち着いたようですね」

最後に現れたのは、宰相補佐であるジョセフだった。

この場の始末は彼に任され、エゼルはレオンと一緒に王宮に戻ることになった。

＊

エゼルが連れ去られた、とメイドが慌てて執務室に飛び込んで来たのは、ニコラスがエゼルを攫ってすぐだった。

状況を一瞬で把握したのは、どこかでエゼルが狙われるとわかっていたからかもしれない。

基本は女しか入れない後宮であっても、やはり警護を付けるべきだったのだ。

しかし警護の騎士たちを纏めるのがニコラスなのだから、意味はなかったかもしれない。

レオンは、その場にいた伯父のクリスト辺境伯がメイドに確かめようとしているのを尻目に、エゼルを取り戻すほうが先だ、と走り出した。数人の騎士が後に続く。

ニコラスの行く先は、クリスト辺境伯の屋敷だろうと見当はついた。

状況を考えると共犯がいるとは考えにくい。ニコラスの性格上、他の誰かに助けを求めることはしないはずだった。そうなると、ニコラスが向かえるのは自分の屋敷しかない。

案の定、ニコラスは自分の屋敷の中でも人気のない離れにエゼルを連れ込んでいた。

エゼルをこの腕に抱くまで、レオンは不安でいっぱいだった。

エゼルがもし、ニコラスの手に落ちたら――自分の手の届かない場所に行ってしまったら。

そう思うと、震えて動けなくなるくらいの恐怖に襲われた。咄嗟に動き出していなければ、震えるばかりでここにたどり着くこともできなかったかもしれない。

ニコラスに捕らわれたエゼルを見るなり、勢いよくニコラスを殴り飛ばした。その後、吹っ飛んだニコラスは騎士に任せ、レオンはエゼルを抱きしめた。

何より、自分が安心したかったからだ。

情けなくも、エゼルが腕の中にいてもまだ震えが止まらないくらいの怯えが残っていた。

そこから、状況は一変した。

レオンは怒りのあまり、ニコラスをどうしてやろうか、と思っていたが、新たに登場したアネットによって部屋の空気は変わった。

普通の大人しい娘だと思っていたのに、大人たちばかりの緊迫した空間の中で冷静に話し、エゼルへの気遣いもあった。子供だと思っていたが、一人前の令嬢になっていて感心した。それはエゼルのお陰だと、エゼルを称える言葉まで言ってくれる。アネットには感謝しかなかった。

その後ジョセフが来たので後を任せた。正直なところ、ニコラスをエゼルの視界に入れたくなかったし、他の男の目にも触れさせたくなかったのだ。

安心できる場所は、後宮しかなかった。

ここはもうレオンの場所だ。

レオンの意思が優先される場所。

用意していた王妃の部屋にエゼルと入る。

寝台にエゼルを押し付けるようにして抱きしめると、自分の手が無意識に彼女の身体を弄り始めた。

「レ、レオン、様」

「——抱かせてくれ」

レオンが欲しているのはエゼルだがエゼルの身体だけではない。

エゼルがここにいるという安心感が欲しかったのだ。

直接的なレオンの言葉に、エゼルが頬を染める。しかし抵抗はなかった。むしろ自分から腕を伸ばし、レオンの身体を受け止めた。

「エゼル……」

「ん……ん」

エゼルに与えた服は薄い紫色の柔らかな生地のドレスで、社交界で流行っているような華やかで派手なものではないが、よく似合っていた。

黒いドレスのときよりもエゼルの色香が増しているようで、更には可愛らしさまで引き出していて、手を出さずにはいられなかった。

唇を重ねた途端、その口づけはすぐに深いものになった。

舌を絡めとると、エゼルは嫌がらず応えてくれた。それが嬉しくてさらに貪る。同時に、自分が選んだドレスを脱がしていく。

見ないままでは難しかったものの、背中の紐とボタンをいくつも外すと、エゼルの白い肌がよく見えるようになった。

肌に手を這わせ、触れる場所を次第に増やしていくようにドレスの紐をほどく。

口づけを一度止めると、エゼルは頬を染めたまま、睨むような目でレオンを見ていた。

少し潤んだ瞳で睨まれてもまったく怖くもない。むしろ煽られている気分になる。

「……慣れて、しまいました、ね」

何を、と言い返そうとして、自分のしたことに気づく。

レオンはいつの間にか、見なくてもドレスを脱がせられるようになり、エゼルの反応を引き出せる口づけまでできるようになっていた。

「エゼル相手なら、問題なくこなせる」

「——他のどなたかに、する予定が？」

そんなことを拗ねたような顔で言われると、まるで嫉妬されている気分だった。

それに少し気を良くして、レオンは柔らかな胸に顔を埋める。

「——あ」

散々貪ったために、すでに形すら覚えてしまったエゼルの乳房は、レオンの手にぴったりで丁度いい。

ドレスを剥ぎ取り、その下はドロワーズしか穿いていなかったエゼルの肌を探るようにそれも脱がせて足から引き抜く。

「ん、あ、あ」

エゼルの艶やかな声を聞くだけで、自分が猛るのがわかる。

全身が熱くなり、レオンは一度身を起こして自分の服を乱暴に脱いだ。

「レオン、様」

エゼルに名を呼ばれると、他の誰に呼ばれるより心地よく感じる。

自分の名前はこんなにも素晴らしい響きをしていただろうかと思うほどだ。

「エゼル」

「――んんっ」

つんと尖った乳首は、レオンに食べて欲しいと主張しているのだと知っている。

遠慮なく口に含んで、舌を絡めた。そのまま手を下ろし、へその下、濃い色の下生えを掻き分けて中心を探ると、襞に埋もれた指が濡れるのがわかった。

エゼルが感じている。そう思うとますます止まらなくなる。

何度も何度も、ここ最近はとても荒く、この身体を抱いた。

何も知らなかったレオンは、エゼルを何度も抱いてどうするのがいいのかを学んだ。そのお陰か、どこに触れればエゼルが嬌声を上げるのか、もう知っている。

陰唇のふくらみを指で挟み、中指だけを鉤《かぎ》状にして襞の中を探る。

「あ、あん、んっ！」

びくん、と身体を跳ねさせるようにしてエゼルが震えた。

それが嬉しくて、レオンはもっと指を深く潜り込ませ、もう片方の手を肌に滑らせた。

胸をしゃぶり続けていると、エゼルが身悶えて身体を捩るようにする。昇り詰めたいのに自分では何もできない苛立ちをどうにかして欲しいと、身体をつき出してくるのだ。

意識してのことではないのだろう。レオンは動悸が激しくなった。

エゼルが甘えてくる、それだけで頭の中が熱くておかしくなりそうだった。

どれほど貪ってもエゼルを求める気持ちが治まらない。

「エゼル――」

「……っレオン様ぁ」

泣き声まじりに自分の名前を呼ぶエゼルが何を求めているのか、レオンはもうわかっている。

今は、何もかも忘れてこの身体に溺れていたかった。

レオンの心を安心させてくれるのはエゼルだけなのだ。

エゼルを独り占めできるこの時間だけが、レオンを満たして幸せにしてくれていた。

我慢できず、エゼルの脚を開き、そのまま勢いよく貫いた。

「――っあぁ！」

途端、腰を浮かせたエゼルにもっと自分を求めて欲しいと、レオンは彼女の欲望を引き出すために腰を動かした。

＊

レオンはこなれてしまった。

それはもう憎らしいほどに。最初の暴発が懐かしく思えるほど、エゼルを翻弄することに慣れてしまった。

激しさと優しさが合わさったレオンの愛撫には堕ちるしかない。

エゼルを貫いたまま、レオンは満足することなく触れられるところすべてを愛撫する。身体が感じ過ぎてしまい、いっそのこともっとひどくして欲しいと願ってしまうくらいだ。

けれどそう言ったって、レオンがエゼルの言うとおりにするはずがない。むしろもっとおかしくさせようと身体を絡ませてくるだろう。

一度エゼルの中で果てた後も、レオンは甘い愛撫を続けた。くたりと力の抜けた身体を後ろから抱きしめるようにくっついたまま、うなじに柔らかく噛みついてくる。

「ん、んぁ、あ、ん」

「——エゼル」

そうしながら、どこか真剣な声で名を呼ばれて、エゼルは愉悦に震える身体をどうにか落ち着けながら答えた。

「……は、い？」

「どこにも、怪我はないのだな？」

今更？

そう思うくらい、レオンはすでにエゼルの全身を確かめた後だった。

それでも心配してくれるレオンが愛おしくて、エゼルは知らず微笑んでいた。

笑った後で、自分の素直な気持ちに気づく。

愛しい——。

どう誤魔化したところで、見ないふりをしたところで、エゼルの気持ちはすでに決まっていたのだ。

レオンが愛おしい。

他のどんな人にもこんな気持ちになったことはなかった。いろんな男性と会ってきたけれど、レオンほど心が動く人はいなかった。

クインたちへの愛しさとは違う、憎らしさすら感じる愛しさ——これが、恋なのだろうか。

そう思うとますます笑みが深くなる。

「——ありません。レオン様が思っているより、私は頑丈なんですよ」

「こんなに柔らかいのにか」

「それは男性と比べると——ん」

レオンはその柔らかさを確かめるように胸を揉み、お腹を撫で、太腿をくすぐり脚を開こうとする。

「あ、あっ」

後ろからエゼルのお尻を割るように主張しているのは、まだ硬さを主張したままのレオンだ。

「ん、ん、レ、レオン様……っの、小陛下が……」

元気過ぎて困る。

そう言うつもりだったが、エゼルの言葉にむっとしたレオンが片膝を裏から持ち上げて脚を開いてくる。

「——あっ」

「小さくない、ということをその身体でまた確かめたいのだな」

「そ、そういうつもり……あぁぁっ」

ぬぷり、と後ろから貫かれ、思わず嬌声を上げた。熱い楔で抜き差しをされて、エゼルはその度に追い立てられる。

「あ、あっ、あっ」

ぐぷぐぷ、と音が立っているのは、エゼルが濡れているだけでなく、吐き出したレオンの精液が掻き混ぜられて溢れているからだ。

恥ずかし過ぎて顔が火照り、それ以上に身体が熱くなる。

「あ、や——っだめ、だめぇ……っ」

「——っエゼル！」

レオンの抽挿が激しくなり、大きな手の長い指が、繋がった場所を探り、熟《う》れた陰核を責めた。

そんなことをされたら——。

エゼルはただ感じることしかできない。

これ以上おかしくなどなりようがないのに。

何度も何度も、レオンに優しい愛撫を施され、また頭が真っ白になった。何も考えられない。

頭のどこかで、達《い》く、と思った瞬間、エゼルは絶頂に達したのと同時にびしゃりと何かを漏らした気がした。

「あ、あ……っん……」

びくびくと、達した後も震え続ける身体をどうにかしたいのに自分ではどうにもできず、レオンに縋ってしまうくらい感じているエゼルに、同じように果てたはずのレオンは愛液に濡らした手でなおも下腹部を撫でる。

「ん……っも、う」

だめ、と小さな声で囁くと、レオンはエゼルのお腹や脚の濡れた場所を撫でるのをやめた。

「エゼル……気づいているのか？」

「……何、を？」

自分は何かしでかしたのだろうか、と不安になって肩越しに振り返ると、何故か上機嫌なレオンがいた。

「——いや、次も頑張るからな」

「…………」

どうしてか、エゼルが不安になるようなことしか言わないレオンが憎らしい。

だが彼はエゼルのそんな心中など知る由もなく、嬉しそうにぽつりと言った。

「結婚するぞ、エゼル」

「——はい」

決定事項のようなレオンの求婚に、エゼルははっきり答えた。

答えてから、考えるより前に口が動いていたと気づいて驚いたが、レオンのほうがもっと驚いていた。

エゼルを抱きしめたまま硬直して、自分が聞いたことは空耳だったのでは、と疑っているようでもある。

「——エゼル」

「はい？」

レオンは上体を起こし、エゼルを仰向けにしてからその上に圧しかかると、顔をまじまじと見つめた。

「今、なんと言ったんだ？」

「——はい、と言いました」

「俺がなんと言ったのかわかっているのか？」

「わからないくらい難しい言葉ではなかったですよね」

「——今そんな屁理屈を言うな！　本当か？　ど、どうしてだ？　なんでいきなり？」

「いきなり——というわけでも……もう、気持ちは決まっていましたし。できれば」

「き、決まっていた!?」

驚いて狼狽えるレオンが、愛おしかった。

威厳たっぷりの国王でありながら、真面目で素直な彼を愛しくならないなんて、どうして思うのだろうとエゼルは笑った。

「できれば……求婚は、宣言のような言葉ではなく、甘く囁かれたいな、と思っていただけです」

「——————」

レオンの反応はおかしなものだった。

強張った表情が、不安げなものに変わった後、泣きそうになったのを隠すようにエゼルの首に顔を埋めてきた。

彼の耳が赤くなっていることに気づいたエゼルは、笑いながらその広い背中に手を回した。

自分の倍はありそうな重みに押しつぶされて苦しくもあったけれど、今はすべて受け止めたかった。

上機嫌で笑うエゼルに、落ち込んだように俯いていたレオンが復活した。

そしてエゼルの耳に、吐息がかかる。

「——エゼル、好きだ。エゼルだけだ——」

「……っ」

「エゼルだけが欲しい。エゼルしか欲しくない。他の誰かなんてどうでもいい。エゼルが側にいてくれたらそれでいい」

「……っま、」

待って、とエゼルは自分の顔のほうが赤く熱くなっていた。

自分で願いはしたが、あまりにも直球過ぎて許容量を超えた。想像以上の衝撃がきて狼狽えたのだ。

しかしレオンは許さなかった。

自分の想いをすべて打ち明けてエゼルに教え込むまで、手を緩めなかった。

「ずっと側にいてくれ……愛してる、エゼル」

「――――っ」

はい、と答える余裕はなかった。

エゼルはレオンの本気を全身で受け止めて、幸せが溢れ、泣きそうになっていた。

「……エゼル？」

返事は、と甘い声で求められたが、もう少しこの幸せに浸らせて欲しいとレオンに縋った。

エゼルが言葉を紡げるようになるまで、しばらく時間がかかったが、それはレオンの甘い求婚のせいだ、と小さく責めた。

結局エゼルは、もう一度想いを示したいとレオンが身体を繋げてきたことに対し、全身で受け止めて答えに代えることしかできなかった。

# 終章

レオンとエゼルが国を挙げての結婚式を執り行ったのは、レオンの求婚から一年半後のことだった。

ニコラスによるエゼルの誘拐騒動の後、レオンはいつも以上に忙しくなった。エゼルとの結婚を側近たちに認めてもらわねばならなかったし、愚かにもエゼルに手を出したニコラスの後始末もあった。

ニコラスは、エゼルに心を奪われていた自分を自覚したくなくて、歪んだ気持ちに変換してしまっていたことを認めた。

認めたからといって許されるはずもない。レオンの後見人であるクリスト辺境伯の息子だからだとか、そのようなことを斟酌《しんしゃく》されることもなく罰を受けることになった。

護衛騎士の職ははく奪され、クリスト辺境伯の領地とは別の場所で下位の騎士としてやり直すことになった。

国王の求婚相手を誘拐した、という事実は隠そうとしても隠せるものではなく、ニコラスがしたことは生涯付きまとうだろう。この先の厳しさをニコラスは反論もなく受け入れ、ひとり旅立って行った。

実を言うと、彼が今回のことで一番ショックを受けたのは、左遷などではなく妹アネットの本来の姿を知ったことではないか、とも言われていた。清楚で大人しいと思っていた妹に容赦なく説教されたことが信じられなくて、妹から逃げるために左遷を受け入れたのではないかとも。

エゼルは、クリスト辺境伯から改めて謝罪をされた。攫われたことに恐怖は覚えたが、身体を傷つけられることがなかったのと、アネットの助言のお陰でレオンの側近たちに認められるようになったこともあり、それ以上は追及しなかった。

レオンは、エゼルが求婚を受け入れたことを側近たちに伝え、宰相のアーベルにすぐに公表するようにと迫った。彼らの承諾を得るには時間がかかると思っていたが、意外なほどすんなりと受け入れられ、肩透かしを喰らったようだった。

宰相のアーベルはもともと反対しておらず、宰相補佐のジョセフも喜んで受け入れた。他の側近たちも、今回の件でレオンの様子を見て、レオンからエゼルを取り上げるほうが恐らく大変なことになると判断したらしく、反対の声は上げなかったようだ。

エゼルへのレオンの執着はすでに社交界に知れ渡っていて、エゼルが未亡人であることや悪い噂があることについて陰口をたたく者もいたが、表立って反対する者はいなかった。

エゼルには強力な味方もたくさんいるのだ。

クインの意志を継いでエゼルが繋げてきた人の輪は、エゼルを助けた。社交界には若い令嬢を中心にエゼルを崇拝する者もいて、つまりエゼルは多くの者に祝福されて結婚できるということだ。

しかし正式な発表の数日前に発覚したのが——エゼルの懐妊である。

最初に気づいたのは、エゼルの側で仕えていたメイドだ。

様子がおかしい、と気づいてすぐに、主治医に診せるようレオンに進言した。

その症状は確かに妊娠した女性のもので、結婚を発表する前に明らかになった事実に、側近たちはまた頭を抱えた。

一方、レオンは大喜びで、エゼルはその様子を眺めながら、そういえば避妊の仕方を教えていなかった、と少し後悔していた。

それでも、レオンに手放しで喜んでもらえることが、嬉しかった。

結婚式の準備の期間も踏まえ、子供が生まれるのを待っての式となった。

誰もが待ち望んでいた、正しき王の子供である。

生まれたのは女の子で、一部の者はがっかりしたものの、レオンはやはり誰より喜んでいた。

こんなに愛らしい子は世界のどこにもいないと褒めたたえ、そして王位継承権を与えたのだ。

これまでの慣習では、王は男が継ぐものだった。レオンは周囲の反対を撥ね除け、「性別によらず、その者の資質により判断する」と決め、王国で初めて、王位継承権を持つ王女が誕生することとなった。

エゼルはそんな大胆な決断ができるレオンが誇らしく、ずっと支え続けると決めた。

王国歴五百年。

記念すべきこの年に、国を救った正しき王の結婚式が執り行われた。

報告のため、国民の前に姿を現した王と新しい王妃の間には、とても愛らしい王女がいた。

その仲睦まじい様子に、国中の誰もが今後の王国の繁栄を確信したのだった。

# あとがき

おはようございます、こんにちは、それともこんばんは？　秋野《あきの》です。

ＤＴ陛下と耳年増未亡人のお話を手にしていただき、ありがとうございます。これはプロットの時から、自分でによによしながら考えていました。すごく楽しかったです。

さらに！　そこに成瀬山吹《なるせやまぶき》様の絵が！　美しすぎる絵が加わって、自分がどうしようと狼狽えたものです……本当に。今回も、素晴らしい絵を描いてくださり本当にありがとうございます。本当にＤＴくさい陛下と色気のある未亡人になっていて、嬉しくてたまりません。

今回は（今回も？）大変遅れに遅れて、編集さま、毎度のことながら大変申し訳ございませんでした。見捨てず鼓舞してくださって、本当にありがとうございます。一緒に待ってくださった成瀬さんにも、本当に感謝しかありません。

私事ですが、今年は年明けから本当にぐずぐずでした……持病を持っているのですが、それが再燃したことからずるずると体調が戻らず、精神的にも後ろ向きで、何をやってもままならず。もう私はだめだ……と十年に一度くらいくるネガティブモードに突入。

さらにどうしてか、子猫を二匹保護しました。

知り合いの大工さんから、改装中の空き家の仏壇の中から出てきた、と相談されたのですが、生後三週間の子猫は私も初めてで、毎日必死に授乳していた記憶があります。あまりに小さくて、ミルクをちゃんと飲んでくれなくて、何よりすごい寝不足で、この子たち大きくなるのか……と不安に思っていた時が懐かしい。そのくらい、今は元気いっぱいのいたずらっ子に成長いたしました。

生後半年で、四歳になる先住猫バロンさんを追い越しましたが（バロンさんが小さいのですが）あまりの暴れっぷりに、バロンさんは大人しくて可愛いだけの猫だったんだなぁ、と思いました。

今はこうして楽しいお話が書けてテンションも戻ってまいりました。今ならなんでも書けそうな気がします（たぶん）。たくさん書けそうな気がします（気だけです）。

脇役スキーは変わらずなので、自著の中でも脇役たちの話がたくさん書きたいです。アップダウンの激しかった私ですが、やっぱり小説を書くことが楽しくてならないので、引き続きがんばっていきたいと思います。
また、お会いできたら幸いです。

秋野真珠《しんじゅ》

Sonya ソーニャ文庫

この本を読んでのご意見・ご感想をお待ちしております。

◆ あて先 ◆

〒101-0051
東京都千代田区神田神保町2-4-7 久月神田ビル
㈱イースト・プレス　ソーニャ文庫編集部
秋野真珠先生／成瀬山吹先生

# 成《な》り上《あ》がり陛下《へいか》に閨《ねや》の手《て》ほどき

2021年12月4日　第1刷発行

著　　者　秋野真珠《あきのしんじゅ》
イラスト　成瀬山吹《なるせやまぶき》
装　　丁　imagejack.inc
発 行 人　永田和泉
発 行 所　株式会社イースト・プレス
〒101－0051
東京都千代田区神田神保町２－４－７ 久月神田ビル
TEL 03－5213－4700　FAX 03－5213－4701
印 刷 所　中央精版印刷株式会社


ISBN 978-4-7816-9711-6
定価はカバーに表示してあります。

Sonya COMICS
絶対、なんか変
この結婚には何かある——
変態侯爵の理想の奥様
1
国原
[原作] 秋野真珠
[キャラクター原案] gamu
秋野真珠原作の大人気作、待望のコミック化!
高位貴族である侯爵デミオンの正妻に望まれた
子爵令嬢アンジェリーナ。
田舎貴族で行き遅れの自分でいいのかと訝しんでいたが、
侯爵家の家令や侍従・侍女たちはなぜか大歓迎で、
結婚式の準備も着々と進められていた。
デミオンの奇妙な言動に困惑しながら迎えた初夜。
彼は執拗にアンジェリーナを求め情熱的で——。
その翌日、デミオンが自分を妻に求めた理由を知ってしまう
——それは彼が特殊嗜好を持っているせいだった!?

コミカライズ単行本1巻好評発売中!!
特殊思考持ちの侯爵
×
行き遅れの子爵令嬢
デミオン・H・ルーツ侯爵
御年三十三歳
国王とも幼少より知己の間柄
上位貴族の友人や親族も多く
領民からの信頼もあつい男性
最初は喜んでいたけれど
不安が募る
高位貴族の
正妻に望まれ…
大歓迎に困惑
まるで逃げ道を塞ぐような
手際のよさに不安が――
奥様
ようこそいらっしゃいました
いらっしゃいませ
慣れていただくためにも いまから奥様とお呼びすることに不都合はないかと
いやいやいや 待って
不都合とかより それ以前の問題かと思います!
私… 本当にここに嫁ぐの…?

Sonya ソーニャ文庫の本

『ストーカー騎士の誠実な求婚』 秋野真珠

イラスト 氷堂れん